Les Amours charnelles

Victor de Festeau

Les Amours charnelles

Chez l'auteur
2020

© La Petite Bibliothèque érotique
Édition : BoD – Books on Demand, 12/14 rond-point des Champs-Élysées, 75008 Paris
Impression : BoD - Books on Demand, Norderstedt, Allemagne
ISBN : 9782322237951
Dépôt légal : juillet 2020

Les témoignages ci-après sont ceux que je recueillis directement auprès de Madame Hélène de B***, femme de bonne famille, qui un jour que nous nous retrouvâmes en tête à tête entreprit de me parler de quatre de ses expériences charnelles, celles qui lui avaient laissé assez de souvenirs mémorables pour qu'elle pût m'en compter les détails. À ceux qui penseraient que j'expose ici les confidences privées d'une femme contre sa volonté et à mon seul profit, j'ajouterai qu'elle-même me lança le défi de coucher sur le papier ses récits avec autant de talent qu'elle avait mis à me les raconter, et qu'elle s'est permis de corriger ce qui méritait de l'être. Ayant relevé sa gageure, j'entrepris par ailleurs de raconter notre première fois, et ainsi ce petit livre des quatre amours en compte-t-il un cinquième, puisqu'elle l'a jugé digne d'être narré.

Votre serviteur,

Victor de Festeau

Ier Amour

— Me croirez-vous, me dit-elle donc, si je vous disais que dans mes années adolescentes je me pensais lesbienne ?
C'est ainsi qu'elle aborda le sujet de ses amours au premier verre de cognac, par cette question qui me laissa interloqué. Je lui répondis que cela me surprenait, car elle avait une certaine réputation auprès des hommes et ma présence en tête à tête avec elle ne tenait pas seulement au plaisir de partager la conversation avec un quasi-inconnu. Elle sourit alors, en reprenant :
— Oh, mais je me connais mieux aujourd'hui. J'aime les hommes et je ne dédaigne pas les femmes. Après tout, qu'ont-elles de plus ou qu'ont-elles de moins ? Il y a toujours moyen d'atteindre le plaisir avec chacun. Mais mon premier amour charnel fut celui que je partageai avec une jeune fille de mon âge. Oui, une très charmante jeune fille de mon âge. Elle s'appelait Agnès. N'est-ce pas joli ? En grec cela signifie chaste… curieux hasard

qui fait bien mal les choses ! Cette Agnès-là n'avait rien d'une vestale, je peux vous le dire ! Elle était plutôt du genre coureuse et elle l'aurait été sûrement si elle avait été moins surveillée ! Elle m'expliqua une fois que cela venait de ses menstrues qu'elle avait eues plus tôt que la plupart des jeunes filles. Est-ce une explication plausible ? Vous n'êtes pas médecin, mais le croyez-vous ?

Je lui répondis que je l'ignorais, mais que sans doute devenir femme invitait davantage à la fréquentation des hommes :

— Oui, probablement, me dit-elle. J'ai connu cela moi-même, mais jamais comme Agnès. Bien sûr, elle était de bonne famille, tout comme moi, et vous le savez, la compagnie des hommes à cet âge où nous sommes encore d'imprudentes enfants et malgré tout un peu trop femmes nous rend « vulnérables » selon l'expression consacrée. Mais elle avait toutes les astuces pour pallier cette difficulté. Elle s'amusait à me raconter en détail la manière dont elle utilisait ses doigts, le majeur et l'annulaire seulement, pour se procurer du plaisir. Elle les introduisait dans son sexe, les recourbait, et là, se frottait le gland du clitoris, cet organe dont on ne peut deviner tous les attraits avant de les avoir goûtés. Oui, elle se frottait aussi bien que l'aurait fait une verge d'homme, peut-être mieux que celle de certains, et elle m'expliqua jouir si fort parfois qu'elle avait pris l'habitude de se bâillonner avec ses draps pour ne pas hurler. N'est-ce pas magnifique ? Hurler de plaisir ! Lorsqu'elle était lasse de ses doigts, alors elle utilisait ces mêmes draps qu'elle repliait et repliait encore, qu'elle plaçait entre ses cuisses, tout contre son sexe. Vous voyez sûrement vers quelle jouissance cela peut conduire une femme lorsqu'elle bichonne son minet de la sorte ! C'est exquis avec des draps soyeux, car à moins d'avoir beaucoup de glaire, cela peut devenir désagréable s'ils sont trop rugueux. Mais une fille de riche famille n'a pas ce souci, puis Agnès mouillait abondamment et vous connaissez le poème :

« Fais chaque nuit des rêves de pucelle,
Et sans plaisir mouilles ton traversin. »

Ainsi justifiait-elle certains de ses épanchements excessifs que ne dissimulait pas la blancheur de ses draps. Mais ce n'était pas tout. Dès qu'un objet un peu rond, un peu doux, pouvait s'introduire dans son lieu de plaisir, alors elle l'utilisait et l'enfonçait aussi profondément qu'il pût aller, espérant trouver lointainement en elle des bonheurs exquis. Mais il s'avère que la nature a bien fait les choses et que la jouissance peut être atteinte dès la porte ! Voilà un rapide portrait d'Agnès. Une jeune fille, car perdre son pucelage avec une pine en bois ce n'est point trahir tout à fait sa virginité. Un homme que j'ai aimé, un jour m'a fait cette remarque. Vous êtes d'accord ? Je répondis que je pensais pareillement, même si je ne m'étais jamais interrogé à ce sujet. La virginité se perdait-elle à la rupture de l'hymen où seulement si une verge d'homme se chargeait de la rompre ? Sans doute le débat existait-il depuis la nuit des temps et j'étais bien trop alcoolisé pour polémiquer ce soir-là. Aussi, je me ralliais à l'avis de ma charmante interlocutrice qui reprit :

— Ma famille se rapprocha bientôt de celle d'Agnès pour des raisons conjugales, mais je vous épargne les détails qui sont toujours si ennuyeux. Je m'ennuierais à vous les raconter, c'est vous dire ! Je finis donc par la rencontrer, et comme nous avions le même âge, nous nous entendîmes de suite. Agnès n'était pas qu'une fille légère, elle était subtile et amusante. Et puis, peut-être car ses menstrues l'avaient faite femme plus vite que moi, elle était plus grande, plus développée, elle avait une robe longue et une vraie poitrine. Je la vis comme une sœur aînée. Nous nous liâmes d'amitié, et bien sûr, nos parents n'y virent aucun souci. Nous étions des bals, des cotillons, où nous dansions avec les hommes. Cela m'amusait, mais ennuyait plutôt Agnès qui avait la sensation de préliminaires sans lendemain. La danse c'est chaud, sensuel, je sais à présent qu'il est bien frustrant de se séparer sur une simple salutation, mais à l'époque je ne m'en rendais pas compte. Je croyais que c'était la plus grande extrémité de ce que l'on pouvait vivre avec un homme. Étais-je naïve quand j'y pense ! Enfin, je m'amusais, mais Agnès voyait cela comme une convention et ne pouvait s'en satisfaire. Un jour que nous étions en visite dans sa famille, elle demanda l'autorisation de m'emmener près de la rivière, au bout du domaine de ses parents. « Pour observer les poissons et les écrevisses », dit-elle. Il n'y avait pas de présence masculine, on nous donna l'autorisation de nous y rendre à la condition exprès de ne pas nous baigner, car le temps était chaud et l'eau encore froide, si bien que nous risquions le mal. Nous voilà donc à traverser le parc, puis un petit bosquet d'arbres, et la rivière — en vérité un ruisseau plus qu'une rivière — se dévoila devant nous, chantante sur de jolis galets gris. C'était délicieusement bucolique. Mais Agnès ne m'avait pas entraînée ici pour voir les poissons et les écrevisses, comme vous vous en doutez bien. Elle avait d'autres idées en tête, des idées de jeunes femmes à l'abri des regards et qui à la chaleur de l'été sent monter en elle le désir inassouvi. Le soleil frappait fort et elle éprouva le besoin de se mettre nue. Je l'aidai à quitter sa robe, ses sous-vêtements, et je découvris devant moi un corps au teint de porcelaine que rehaussaient le brun de ses cheveux et son buisson de jais. J'étais jalouse de la courbe de ses seins, car j'imaginais qu'elle utilisait quelques artifices, mais non, ils étaient bien développés et se tenaient fermes. Deux seins blancs comme le lait nourricier, veinés de bleu comme ceux des tableaux pompiers. Deux merveilles à faire bander un homme, mais même si je n'étais qu'une femme, je sentais en moi une émotion difficilement explicable, une sorte d'excitation, de celle que l'on ressent devant une belle chose qui nous attire sans que l'on puisse résister. Vous voyez de quoi je veux parler, et c'est d'autant plus intense lorsqu'on l'éprouve pour la première fois. Je la déshabillai donc, lui retirant jusqu'à la plus petite parcelle de dentelle, et comme elle se trouvait ainsi, elle me sourit et voulut me déshabiller aussi. J'eus un mouvement de recul, mais elle me réconforta en me disant qu'il faisait bien chaud, qu'il n'y avait personne d'autre qu'elle et moi et comme je lui fis remarquer que quelqu'un pouvait venir, elle balaya mon argument en me demandant de lui faire confiance. Je la lui accordai un peu décontenancée, car si elle s'était mise nue, sans doute était-elle sûre que nous ne serions pas dérangées. Vous voyez à quel point j'étais nonne à cet âge ! Elle mit beaucoup d'application à me dévêtir, mais à chaque fois que ses doigts frôlaient ma peau, je tressaillais, mes poils se hérissaient. Il y avait certains endroits qu'aucunes autres mains que les miennes n'avaient jamais touchés depuis ma prime enfance. Puis je sentais le soleil sur tout mon corps, le souffle du vent, c'était comme si quelques Dieux de la mythologie avaient pris une forme de la nature pour me faire l'amour voyez-vous ! Heureux homme que celui qui allait nu jadis, et plus encore la femme ! Une fois que je fus aussi nue qu'un ver, elle me taquina en m'invitant à retirer les mains que j'utilisais pour dissimuler mon intimité. « N'aie pas honte, me dit-elle, la tienne est comme la mienne, en un peu plus blonde et clairsemée… Et tes seins ? Deux petits boutons de roses à l'aube d'éclore. » Ainsi me rassura-t-elle, et je me montrai entière à ses yeux. Je craignais un instant qu'elle se moquât de mon corps d'adolescente, que mon amie ne le fût pas vraiment, qu'elle eût profité de l'ascendant qu'elle avait sur moi pour en arriver à cette situation qui pouvait devenir si gênante pour moi. Mais il n'en fut rien. Elle me regarda au contraire avec une attention redoublée et me promit que pour pousser plus tard, je n'en serais pas moins une femme des plus désirables le jour venu.

— Elle n'avait pas tort, si je puis me permettre, lançai-je promptement.

Hélène s'esclaffa :

— Pourtant, à cette époque je me sentais comme une ficelle et je ne la croyais pas, mais c'est un âge où nous sommes facilement complexés. Nous nous trouvions donc toutes les deux nues, le vent et le soleil caressant notre peau, et Agnès m'invita à la suivre près de l'eau. Je supposai qu'elle voulait se baigner malgré l'interdit, mais elle ne fit rien de plus que s'asseoir sur un rocher et tremper ses jambes dans l'onde fraîche. Je l'imitai. C'était bien agréable d'avoir les jambes dans l'eau, mais les fesses nues sur la pierre ce n'est pas très plaisant, même lorsqu'elle est chauffée par le soleil ! Comme je m'étais installée un peu trop loin d'elle, elle se rapprocha, jusqu'à ce que nos cuisses se touchassent. Je sentais le velouté de sa peau sur la mienne. On a une peau si douce à cet âge, si délicate. Nos jambes se croisaient et s'entrecroisaient dans l'eau claire du ruisseau, au milieu des petits poissons. Nous rions ensemble et nous nous sentions aussi heureuses que libres. Comme je me détendais, que je ne songeais même plus au risque d'être surprise ainsi par un inconnu, Agnès entreprit de vouloir me montrer le secret de son épanouissement, de l'assurance qui la guidait et de la sérénité qui l'habitait. Tout ce qui faisait que je n'étais pas elle. J'acceptai, et sa main glissa aussitôt de la pierre sur ma cuisse et s'approcha de mon sexe. « Le veux-tu vraiment ? » insista-t-elle alors. Je lui dis que oui, et ses doigts se faufilèrent entre les poils clairs de ma toison qu'elle trouva aussi douce que le pelage d'un chat. Cela chatouillait et me faisait rire, mais elle commença à caresser ma fente, à la frotter délicatement, et comme cela m'échauffait, je lui demandai de mettre un peu de l'eau du ruisseau. « Elle serait trop froide, tu perdrais toutes tes sensations. Voilà plutôt ! », me répondit-elle en suçant ses doigts longuement pour les imprégner de salive. Mais cela ne tarda pas à être très superflu. Plus elle me massait, plus elle plongeait en moi et plus je devenais humide. Ma toison si douce se couvrait d'un liquide glaireux, et je pris peur un instant, ignorant son origine. Agnès me rassura : « Le plaisir monte en toi. Ton sexe est comme un étui pour le plaisir, mais crois-tu que frotter suffise à le révéler ? Non, il faut que ça aille tout seul, mais pas trop non plus, où tu n'éprouveras rien. »

Je me trouvai plus sereine et Agnès m'invita à me détendre, à m'allonger de tout mon long sur la pierre et à ne réfléchir à rien d'autre qu'à cette sensation de plus en plus intense que j'éprouvais dans le bas du ventre. Elle m'effeuillait lentement, glissait en moi pour mieux en ressortir, taquinant ce clitoris dont j'ignorais complètement l'existence avant qu'elle ne le frôlât d'un rien, laissant monter en moi une chaleur qui manqua de me faire défaillir. C'était une sensation si inédite. Elle y allait doucement, et pourtant, après quelques caresses sous ses doigts habiles, elle me dit que je bandais comme une vierge ! Cela surprend parfois les hommes, mais oui, nous bandons aussi ! Et comme le jeune homme, plus rapidement et plus intensément lorsqu'il s'agit de notre première excitation charnelle. Je mouillais tant et tant, qu'elle finit par me dire qu'elle n'arriverait sûrement pas à me faire mourir de plaisir par de simples caresses, alors elle m'invita à m'installer mieux sur le rocher, à écarter les cuisses plus largement et à la laisser faire. J'obéis, et voilà qu'elle passe sa jambe droite par-dessus ma jambe gauche, qu'elle me demande de l'imiter avec mon autre jambe, et que son sexe vient tout contre le mien. « Remue donc les hanches ! », m'ordonna-t-elle, tandis qu'elle commençait à se frotter à moi. Je tentais de l'imiter aussi bien que possible. À cette époque, je ne remuais pas de la croupe comme aujourd'hui !

Mais je m'en sortais assez bien, du moins le supposais-je, car je devinais mon visage devenir rouge comme une pivoine, je sentais la chaleur grandir en moi, mon souffle se raccourcir et instinctivement mes doigts se crisper à la pierre. Agnès accélérait le rythme, elle poussait de petits hennissements sous l'effort, car elle y allait vivement et chez elle aussi le plaisir montait. Ses joues prenaient le cramoisi, la sueur perlait de son cou, sa frange brune collait à son front. Le soleil dardait et nous brulions de l'intérieur. « Laisse-toi aller ! » qu'elle me disait, me trouvant encore trop résistante. C'était vrai, j'avais peur. Cela ne vous est pas arrivé ? La première fois on se demande ce qui se passe. C'est si intense, qu'on redoute une attaque, un déréglement profond des organes. Survivrons-nous ? Ce n'est pas anodin, surtout chez la femme qui vit tout cela en elle. J'essayais cependant de l'écouter, de ne penser qu'à ce que j'éprouvais dans mon ventre, à cette chaleur qui m'envahissait entre mes cuisses. Mes oreilles bourdonnaient et je sentais le sexe d'Agnès devenir aussi humide que le mien sous l'effet du plaisir qui montait en elle. Elle se frottait encore plus fort à moi, ses lèvres s'enfonçaient entre les miennes, oui, peut-être est-ce bien de là qu'on dit « baiser » pour le coït, car les lèvres qui fondent notre nature de femme sont bien les mêmes que celles de nos bouches. Nous étions accouplées par nos sexes comme si nous nous embrassions et nous mêlions nos secrétions comme si s'eût été la salive de nos langues. C'est beau, n'est-ce pas ? Et pourtant, sauvage ! Agnès ne cessait de se déhancher, elle me poussait, mon dos s'échauffait sur la pierre, mais je ne sentais pas la douleur, mon esprit et mon corps tournés qu'ils étaient vers mon sexe qui gonflait de plaisir sous les assauts de mon amazone. Nous étions comme deux amazones des temps jadis, fente contre fente, à nous fourbir sans les hommes. C'était brutal et doux à la fois. Si doux et si éprouvant ! Tout cela dura sûrement quelques minutes, fort peu de temps, mais ça me parût une éternité, car j'étais au bord de jouir, mais je ne jouissais pas, pas pleinement. Le plaisir montait lentement en moi, et c'était aussi plaisant que torturant. Je voulais me libérer, toucher à cet absolu que j'ignorais s'appeler « orgasme ». J'allais moi-même plus vite et plus fort pour soulever ma croupe, à m'en rougir les fesses sur la roche, et nous étions là comme deux possédées par un désir diabolique. Tous les regards du monde auraient été dirigés sur nous à cet instant que nous aurions continué notre sabbat, nous baisant sur ce rocher comme deux furies luxurieuses, cul contre cul, entremêlant les buissons de nos cons aussi trempés que la mer ! Cela dura quelques minutes en vérité, et finalement il y eut un frottement plus intense, au meilleur endroit, à la pointe innervée de mon clitoris sans doute, et je fus secouée d'un spasme général. Je poussais un cri étouffé, suivi d'autres spasmes et d'autres petits cris qui s'étranglèrent dans ma gorge. Je suffoquai un instant. Ma poitrine se contractait, mes doigts s'agrippaient à la pierre comme si je me trouvais suspendue au-dessus de l'abîme. Tout à coup, mes chaînes s'étaient rompues, j'étais libérée, une jouissance ineffable venait après la lutte, puis la tempête fut suivie d'un calme absolu. Agnès ralentit les coups de reins, me voyant effondrée, épuisée, le souffle court, ma poitrine d'adolescente peinant à accompagner cet orgasme de femme que mon amie m'avait procuré. Juste après cet instant de plaisir, j'étais bien trop hagarde et égarée dans mes pensées pour y songer, mais plus tard, quand je revins chez moi, je sus que je n'étais plus la même personne. J'avais connu l'extase d'être femme, et je l'étais donc. J'avais touché à ce mystère avant mes premières menstrues qui, hasard ou non, survinrent moins d'une semaine après cet événement. Une manière bien moins amusante de devenir femme, je peux vous l'assurer ! Comme je me remettais lentement du chamboulement que je venais de subir, Agnès, plus éreintée encore que je ne l'étais à cause des efforts qu'elle avait consentis, s'allongea à côté de moi, les jambes nonchalantes, son ventre et sa poitrine nus brillants de sueur aux rayons du soleil, son sexe rouge et humide du plaisir qui l'avait ébranlé, et lorsqu'elle tourna son visage vers moi et que je fis de même vers elle, je sentis le souffle accéléré de sa respiration. Elle sourit avant de rire, et je l'imitai. Nous étions comme deux gamines qui auraient touché au fruit défendu, et nous nous réjouissions de cette tentation si bonne qui serait notre secret. Le seul témoin de nos ébats fut une buse qui nous survola de très haut. Nous restâmes un bon moment nues, immobiles, à nous regarder, à regarder le ciel, à sentir le soleil sur nos corps, le vent faisant frissonner notre peau halitueuse, asséchant nos deux petits chats que nous exposions sans fard, avec l'impudeur de notre jeunesse dépourvue d'arrière-pensée. C'était un beau moment, pour moi surtout qui venais d'en apprendre beaucoup et de la plus douce des manières sur le sexe. Cela avait été si bon, si agréable, j'avais joui avec tant de force, que pendant longtemps je crus être une de ces femmes aimant les femmes ! Je le pensais d'autant mieux que j'aimais le corps nu d'Agnès. Pendant que nous étions allongées côte à côte, j'aimais caresser ses seins fermes, imprégner ma main de sa sueur, j'aimais ses lèvres frémissantes, les vagues de ses cheveux bruns, oui, elle m'excitait encore et j'aurais pu jouir une deuxième fois si elle l'avait voulu, et si j'avais été moins chamboulée par ce qui venait de m'arriver. Elle finit par me laisser, désirant laver son chat à l'eau de la rivière. Elle n'alla pas bien loin et m'invita à faire de même, car il était important de le garder bien propre selon elle. Je me prêtai donc aux mêmes ablutions, et la froideur de l'eau fit retomber aussitôt mes ardeurs ! Mais Agnès en profita pour m'expliquer comment je pouvais jouir moi-même, avec quels doigts, dans quelle position, et comment trouver ce point de jouissance si sensible à force d'essais, de tâtonnements, en écoutant attentivement les stimuli de mon corps. Elle ne me parla pas cette fois-là des objets qu'elle utilisait pour jouir, mais elle me confia ses astuces une fois suivante, car dès que nous nous trouvions toutes deux avec la certitude d'être tranquilles, notre jeu favori était de nous baiser. Elle me mit en garde toutefois contre le risque de perdre ma vertu, qui sans rien m'enlever des plaisirs de l'amour, me vaudrait des jugements désagréables. Elle me mit en garde, et pourtant je réussis à la perdre un jour ! Moi aussi avec une pine en bois, en enfourchant un pied de lit ! Je l'enjambai un soir, relevant ma chemise de nuit et plaçant bien l'embout rond et doux sous mon sexe déjà humide de mes caresses et de l'idée du plaisir que j'allais me procurer. Un pied sur le sol, l'autre dans mon lit, mes deux mains prenant appui sur le pied de lit, j'y allais, d'avant en arrière, de plus en plus vite, et insensiblement, l'euphorie qui montait en moins me fit relâcher mes appuis. J'enfonçai plus profondément la boule de bois dans la fente de mon sexe, et cela me procurait une telle jouissance de sentir cet objet en moi que je n'avais pour seule pensée que de le faire entrer entièrement, de laisser pénétrer ce membre de bois dur dans ma chair, dans mon ventre. Je m'affalai donc davantage, même si ce n'était pas sans douleur, et soudain, j'éprouvai une souffrance un peu plus aigüe. Cela me ramena à la réalité, et en mettant mes mains sur le pied de lit, je le trouvai couvert de sang vermeil. Je crus d'abord à mes règles, mais ce n'était pas possible à cette date, et Agnès me confirma plus tard que j'avais sûrement rompu l'hymen. J'avais été maladroite, et cerise sur le gâteau comme l'ont dit, je n'avais même pas éprouvé l'orgasme ce jour-là et passé une heure à laver aussi bien que je le pouvais mon pied de lit ! Que l'on peut être bête à cet âge ! Oh, cela aurait sûrement nui à une fille sage avec un époux rigoriste, mais par chance, je n'étais pas sage, et mon défunt époux n'avait rien de rigoriste.

IIème Amour

Mon interlocutrice arriva à la fin de son histoire et m'invita à lui resservir un cognac, prétextant une gorge sèche, et je la croyais bien volontiers, car elle avait généreusement parlé :
— Voyez, dit-elle, lorsqu'on parle de sexe, la bouche s'assèche pendant qu'on mouille entre les cuisses, c'est pour cela qu'il vaut mieux le faire que le raconter. Vous ai-je fait bander ?
Je souris à cette dernière remarque, et tandis que je versais le cognac mordoré dans son verre, je répliquai :
— Voulez-vous vous en rendre compte vous-même ?
— Pas encore ! Pas que l'envie m'en manque, mais parfois il suffit à l'homme de savoir qu'une main de femme va se poser sur sa pine et ses couilles pour bander comme un âne. Ça fausserait les résultats.
— C'est très exact, alors je vous dirai que je sens une légère turgescence, mais que je ne comparerai même pas au fait de bander mou.

— Ai-je mal raconté ?

— Non, mais une amourette adolescente et lesbienne, reste une amourette. C'est un goût personnel, mais je trouve le sexe plus excitant quand il y a un con et un vit, une chandelle et un feu à allumer. Lorsqu'il n'est pas le héros de l'histoire, un homme a besoin de s'imaginer l'être. Avec une adolescente, vous m'en demandez beaucoup !

— Soit ! Je ne suis pas vexée. D'ailleurs, ce n'était que ma première fois, et comme je vous l'ai dit, si je me crus lesbienne pour avoir connu l'amour au con d'une fille, cela ne dura pas toujours !

— Je serai bien curieux de savoir la suite !

— Dans ce cas, je vous dirai comment je découvris que j'aimais aussi les hommes. Chez les filles de bonne famille, comme moi, cela vient en général assez tard, car il est difficile d'avoir des contacts prolongés et discrets avec la gent masculine, ou alors seulement avec de vieux barbons dont on a pourtant parfois plus à craindre que les puceaux, mais lorsqu'on le désir fort, il y a toujours des occasions qui se présentent. La mienne arriva le jour où mes parents firent le choix de prendre à leur service un nouveau jardinier, jeune et vif comme l'exige un grand parc. Il s'appelait Lambert. Oh, il était bien du peuple ouvrier, avec une taille un peu courte, des membres robustes et sans véritable grâce, des mains aux doigts épais, mais la première fois que je le vis je trouvai cela très… comment dire, viril ! L'amour a-t-il à s'encombrer des préventions de classe ? Heureusement non, car je trouvais délicieux cet homme de labeur dépourvu d'affectation, de préciosité, de ces manières qui nous font toujours sentir à nous, les femmes, que nous sommes moins de chair et de sang que de porcelaine. C'est frustrant quand un homme ose à peine vous saisir la taille, n'effleure même pas de ses lèvres le dessus de votre main, a presque honte de humer le parfum de vos cheveux. Chez Lambert, je devinais la douceur de celui qui soigne la rose et fait croître la poire, et la force de celui qui laboure la terre et débroussaille la ronce. Vous ne pouvez pas imaginer à quel point cet équilibre est exquis pour les femmes qui parfois sont roses, parfois sont ronces, et aiment les jardiniers qui toujours prennent soin d'elles comme il faut. La première fois que je le vis, j'eus donc cette révélation et le soir même je me caressais en pensant à lui et à ce qu'il pourrait me faire. J'avais une idée encore assez floue, car je ne savais pas vraiment comment un homme s'y prenait avec une femme pour la biscotter jusqu'à l'orgasme. Enfin, ce que je concevais dans mon esprit suffisait à me faire mouiller ma chemise et mes draps, et à présent que j'avais de vrais seins, à les sentir s'affermir de plaisir.

— Il m'amuserait de savoir ce qu'imaginait votre esprit de jeune femme… de jeune fille pardonnez-moi.

— Vous vous moqueriez !

— Non, je vous le promets, je ne me moque jamais des femmes, par principe.

— Soit ! Eh bien je l'imaginais enfoncer en moi ses gros doigts, me soulever de terre en m'écrasant contre sa poitrine ferme, me lécher le cou et les lèvres tandis que je sentais son souffle chaud sur ma peau. J'étais loin de me douter de ce qui arrivait au sexe de l'homme en pareille situation, et Agnès s'était bien gardée de me le dire.

— Je ne vois rien de bête dans ces fantasmes qui me paraissent très à même de mouiller un con ou de bander une pine.

— Vous êtes gentleman, vous ne diriez pas le contraire ! Toute cette nuit-là, je fus travaillée pas des rêves érotiques, et le lendemain, en me promenant dans le parc, je vis derrière des bosquets Lambert occupé à tailler une motte. Il ne m'avait pas entendu et j'étais bien dissimulée par des lauriers roses. Pendant quelques instants, je pris le temps de le regarder faire. C'était très plaisant, car il était habile de ses mains, mais cette seule pensée conduisit les miennes sous ma robe. Il portait une simple chemise de travailleur, un pantalon terreux, et pourtant, il m'excitait comme une diablesse à l'aube d'un sabbat. Je trouvai d'abord plus judicieux de me caresser à travers ma culotte, imaginant que si j'étais surprise, il me suffisait de retirer promptement mes doigts. Je plaçai le majeur sur ma fente, et je me masturbai doucement, enfonçant entre les feuillets de mon sexe la douceur soyeuse du tissu dont je ne voulais me découvrir. Je ne tardai pas à sentir un liquide collant sur mon doigt que j'associai à Lambert qui continuait toujours de tailler sa motte sans savoir ce qu'il provoquait chez moi. Cela m'excitait davantage de me caresser à son insu, mais plus le plaisir montait en moi, moins cela était aisé. Il me fallait retenir jusqu'à mes soupirs, alors que je respirais plus fort. Se caresser debout est vite épuisant. Les jambes flageolent, le cœur s'accélère, et l'esprit est tant à la jouissance à venir qu'on ne songe même plus à garder l'équilibre. Je m'assis finalement, et cela me convenait mieux, car j'avais les yeux à hauteur de son cul. Un cul que je devinais bien ferme, comme ceux des statues antiques qui servent longtemps d'exutoire sexuel aux vierges de notre époque. Maintenant, je pouvais y aller plus vivement, et comme le plaisir tardait à venir et que je me trouvais dans une situation pressante, je décidai de glisser ma main dans ma culotte, et je sentis mon buisson suintant. Cette seule sensation de se savoir exciter, prête pour recevoir l'orgasme, et ne pas pouvoir maîtriser cette manifestation physique de son désir est délicieuse, et c'était toute ma main que j'employais désormais pour me polir le con, m'effleurer généreusement le clitoris, enduire mon buisson de mon foutre de femme. À chacun de ses coups de cisaille, je plongeais mes doigts en moi, violemment, intensément, comme si ce n'était pas les miens, fins et délicats, mais les siens, épais et virils. J'avais besoin de croire que c'était lui qui me procurait ce plaisir, qui me culbutait dans l'herbe douce. Je m'astiquais le minet assez vivement, et vint le moment où sans ressentir tout à fait le plaisir que m'avait offert Agnès, je poussai un gémissement de jouissance, tel que je ne réussis pas à le réprimer. L'orgasme ne le serait pas si l'on devait tout contrôler. J'expirais donc un gémissement aigu, dont je devinai de suite le danger pour moi ! Avait-il pu l'entendre ? Je m'empressai de sortir de mes songes, de la buée qui m'obstruait l'esprit, et je constatai que Lambert n'était plus à sa motte ! Je retirai sitôt ma main de mon sexe, je tentai de l'essuyer dans l'herbe, parce qu'elle était encore humide de mes sécrétions, mais j'eus à peine le temps de faire cela que la silhouette massive de Lambert apparut devant moi, les cisailles en mains. Du fantasme qu'il avait été pour moi, il s'était transformé en personnage inquiétant et surtout il me surprenait en fâcheuse posture. Mon visage devint chaud comme de la braise, car je me trouvais à ses yeux les cuisses écartées, le sexe mouillé et la robe relevée sur les genoux. Je ne pouvais même pas plaider une envie pressante, et de toute façon, tout mon corps disait ce qui venait de m'arriver. Ajouter un mensonge aurait aggravé ma position critique. Je gardai donc le silence, prête à affronter ce qui se passerait aussi courageusement que mes forces me le permettraient. Je craignais que Lambert appelât mes parents, ou pire, qu'il voulût profiter de la situation. Son silence contre une gâterie. Vous allez me dire que je m'étais bien masturbée en songeant à son corps, à son cul, à sa pine, mais c'est une chose de se sentir libre et une autre d'être forcée, même par un homme qui ne nous déplaît pas. Je redoutais qu'il m'imposât quelques-uns de ses fantasmes, mais tandis que je restais muette, il l'était tout autant et rougissait, aussi gêné et désappointé par ce qu'il voyait que moi-même. Il était crispé sur ses cisailles, je rabaissai ma robe et tentai de faire bonne figure, mais nous étions bien comme deux nigauds silencieux après avoir commis une bourde. Finalement, comme il ne me paraissait pas menaçant, je repris confiance et lui lançai :

— Eh bien, n'as-tu donc jamais vu le con d'une fille ?

— Oh, dit-il en semblant s'éveiller d'un rêve, si, mais jamais le con d'une fille de bonne famille.

— Et qu'a-t-il de spécial ? lui rétorquai-je.

—C'est comme un fruit interdit pour les gens comme moi.

— Et tu te penses donc chanceux ? lui demandai-je sur un ton un peu vif.

« Certes » qu'il me répondit ! Je lui répliquai alors :

— Iras-tu tout dire ? Voudras-tu abuser de moi ? Sache que je préfère que tu me dénonces que de me donner sous la contrainte.

J'empruntai cette dernière phrase à une sainte dont j'avais lu la vie dans un beau livre quelque temps plus tôt, sauf qu'elle avait choisi les lions plutôt que la souillure. Je n'en étais pas à cette extrémité, mais j'espérais lui faire comprendre qu'en dépit des apparences, je n'étais pas une fille légère. À mes deux questions, il me répondit « non ». Cela me redonna le sourire, et quand je lui demandai pourquoi, il dit :

— C'est moi qui vous ai surprise et n'aurais pas dû, et être modeste jardinier ne m'empêche pas d'être civilisé. Je ne suis pas de cette sorte de sauvage.

J'étais rassurée, et répliquai :

— Cela t'honore. Mais maintenant que je suis mouillée, que tu es là devant moi et que tu sais que je mouille à cause de toi, si je te le demandais, ne me prendrais-tu pas dans l'herbe ?

Il me regarda sans piper mot, mais je voyais une bosse à son pantalon, entre les jambes, une bosse qui avait grossi petit à petit, et je me disais que ça devait bien vouloir dire quelque chose. Je n'étais pas futée à l'époque, mais je savais quand même où se trouvait le dard épineux de l'homme, et cette bosse avait sûrement un lien avec quelques désirs non réprimés.

— Alors, es-tu décidé à me dire non ou oui ?

— Je… je ne sais quoi dire ! balbutia-t-il.

— Tu as une bosse au pantalon ! lui fis-je remarquer.

Il parut gêné et voulut la dissimuler :

— Je voudrais, mais votre vertu mademoiselle doit revenir à votre futur époux. Et si je vous engrossais !

Je ne m'inquiétais plus pour ma vertu puisque je l'avais déjà perdue, mais il y avait peut-être bien le risque qu'il me mît enceinte, surtout que j'ignorais tout du fonctionnement de la chose à cette époque. Je lui dis alors de faire de telle manière que ça n'arrivât pas, que c'était sûrement possible.

— Je peux vous baiser à vit sec. Je ne déchargerai pas dans votre con, mais où vous le voudrez bien.

— Comment cela ? demandais-je naïvement.

— Vous ne savez pas comment un homme et une femme baisent ensemble. Je me trompe ?

Je dus reconnaître platement mon ignorance, et par là-même que j'avais laissé ma virginité sur un pied de lit.

— Ce n'est pas compliqué, qu'il me répondit. Cette bosse sur mon pantalon, c'est parce que je bande. Ma pine se gonfle de mon désir pour vous. Elle durcit, et ainsi elle pourra vous pénétrer par votre con.

— Ah, c'est donc ainsi que ça se passe ! m'exclamai-je. Le sexe de l'homme est comme un bout de bois.

— Mais vous n'aurez pas à redouter les échardes !

Il me fit cette réponse avec un sourire un peu moqueur qui manqua de me faire regretter ma proposition. Puis il ajouta :

— Je me branlerai en vous et quand la femme n'est pas fertile, ou que l'on veut un enfant, on décharge son foutre en elle, mais sinon, on s'en débarrasse où que l'on souhaite. Je ferai ainsi dans votre cas. J'ai l'habitude avec la Rosine, n'ayez crainte.

Je n'avais de toute façon pas d'autre choix que de renoncer à mon entreprise ou de lui faire confiance, et comme j'avais une occasion rêvée de baiser avec un homme plutôt agréable, une occasion comme il ne s'en représenterait peut-être plus de similaire avant longtemps, je me décidai pour la deuxième solution.

— Vous ne craigniez pas d'être surpris par d'autres personnes cette fois ? fis-je remarquer à Hélène.

— Ma mère se levait tard, mon père était à ses affaires, les domestiques vaquaient à leurs occupations et je savais donc que j'aurais un moment de tranquillité avec Lambert. Si quelqu'un entreprenait de me chercher, il ne manquerait pas de m'appeler et j'aurais alors le temps de m'apprêter pour me montrer de manière décente et sans qu'il ne parût rien de mes galipettes.

— J'ai toujours aimé cet euphémisme.

— Pourtant, il y a bien un peu de cela. Lambert me demanda comment je souhaitais qu'il me baisât. Il me fit une énumération longue comme le bras, mais je n'y connaissais rien, alors je lui disais de faire selon la façon la plus commune.

— Soit. Donc vous sur le dos, et moi sur vous. Puis ce sera plus agréable de nous regarder, je crois.

Je lui répondis que ça me convenait. Il voulut se déshabiller, mais même si cela me plaisait, je lui expliquai que ce n'était pas assez prudent et qu'il lui suffisait de sortir ce qu'il fallait pour la chose. Il jugea ma réflexion pleine de bon sens et posant sa cisaille, il déboutonna son pantalon pour en tirer sa pine qui aussitôt libérée de son étouffoir se mit à grossir et grossir encore jusqu'à former une pointe bien plus longue et épaisse que les doigts d'Agnès. Comme j'écarquillais les yeux devant ce phénomène que n'offrent pas les statues de marbre, Lambert me dit :

— Ainsi va le sexe de l'homme devant une jolie fille. N'ayez crainte, plus c'est dur et meilleur cela sera pour vous comme pour moi.

— Que dois-je faire ? demandais-je tandis que j'étais dans l'herbe, accroupie.

— Allongez-vous qu'il me dit. Mettez-vous confortablement, écartez les jambes et laissez-vous aller au plaisir.

Je m'exécutai, et Lambert s'agenouilla dans l'espace libre entre mes deux jambes, releva ma robe jusqu'à ma culotte qu'il descendit jusqu'à mes chevilles. Puis il agita sa pine comme pour vérifier qu'elle avait la fermeté attendue, tâta mon sexe, cherchant peut-être la serrure à sa clé, et satisfait, il glissa sa pine en moi. Il y alla un peu vite et un peu fort, et cela me crispa sur l'instant. Je me pinçai la lèvre, je recroquevillai mes doigts et je ne dis rien pour ne pas le refroidir dans ses ardeurs. Ensuite, il commença à donner des coups de reins, à me ramoner la cheminée comme l'on dit si peu subtilement, mais avec tant de justesse. Je sentais sa pine aller et venir, glisser entre les lèvres resserrées de mon sexe et une euphorie nouvelle s'empara de mon être. Comme l'effort était intense, il s'affala sur moi et ce fut encore plus délicieux. Sa large poitrine comprimait la mienne, rendait ma respiration plus difficile, mais loin d'être désagréable, au contraire cela faisait monter le plaisir, et sentir mes seins fermes écrasés par le torse de cet homme musculeux m'excitait terriblement. J'avais son souffle dans mon cou, son odeur dans mes narines, tout son corps s'agitait sur moi, me labourer le ventre, le sexe, tandis qu'il m'étreignait avec plus de vigueur. L'homme civil avait à présent un quelque chose d'animal, et après tout, quand nous baisons, sommes-nous vraiment autre chose que des bêtes ? Curieusement, il ne me regardait pas dans les yeux comme s'il redoutait d'y voir l'ennui ou d'être déconcentré en se ressouvenant qu'il baisait une fille de bonne famille, une bourgeoise à laquelle il n'aurait pas dû toucher. Cela aurait été dommage, car qu'est-ce qu'il besognait ! Quelle sensation que cette pine qui me pénétrait, que ces deux couilles renfrognées qui frappaient à la porte mouillée de mon con, que ce corps pesant qui m'enveloppait, tremblait, se cabrait, se tordait pour moi. Ce jour-là, je compris la force que peut avoir la fente buissonnante d'une femme face à la force de l'homme qui peut être rendu si vulnérable par l'attraction qu'elle cause. Lambert ne pensait plus à autre chose qu'à mon con, et j'étais comme Judith à cet instant. Il m'aurait suffi d'un poignard pour le saigner sans même qu'il n'en vit rien. Mais cela aurait été sans intérêt, car j'aurais ruiné la jouissance qu'il me procurait ! Plus il me besognait, et plus je perdais moi-même toute velléité de réflexion. Insensiblement, j'y allais de mes petits mouvements de croupe pour engloutir davantage la pine de l'homme, je voulais engloutir ses couilles, et à chaque fois qu'il rentrait en moi Lambert me rabattait violemment contre le sol et j'aimais ça ! Mes jambes se tendaient autant qu'elles pouvaient, mes mains se crispaient, je sentais le sang palpiter dans les artères de mon cou, ma tête s'embrumer, car je respirais mal. Lambert me compressait la poitrine, il m'écrasait et m'étreignait avec plus de force à chacun de ses coups de reins, et comme si cela ne me suffisait pas, je le serrais contre moi de mes deux bras. Puis, il me lança soudainement un « Ça vient ! » entre deux expirations. Il se retira aussitôt de moi, et tandis que je restais interdite devant ce changement d'attitude, il déchargea à plusieurs reprises son foutre visqueux dans l'herbe en continuant de s'astiquer généreusement et en poussant des râles de contentement. Je le voyais faire et je n'étais pas complètement satisfaite, car il semblait jouir de plaisir et moi je me retrouvais au milieu du gué. Pour sûr je ne m'étais pas ennuyée et j'avais même ressenti des choses agréables. Je n'étais pas prête d'oublier la première fois qu'un sexe d'homme s'était introduit en moi, mais tout de même, la rupture avait été brutale et le plaisir moins intense qu'avec Agnès. Comme Lambert me regarda après s'être pleinement soulagé de son foutre, il s'essuya le front d'un revers de la manche et laissant son sexe s'amollir, il me dit :

— Ne me faites pas de reproche. J'ai essayé de ne pas y songer, mais l'idée de baiser une fille bourgeoise m'a excité bien plus que la Rosine. Vous êtes belle, vous sentez bon, votre chat est étroit comme il faut, ni trop ni pas assez et il est si doux. Votre peau est si douce. J'ai fait ce que j'ai pu pour me retenir, mais l'excitation était trop forte et il a fallu que je me retire.

— Tout de même, que je lui répondis. J'espère que ça ne se passe pas toujours ainsi. Je lui faisais des reproches que je trouvais justes, mais il me répliqua que j'avais bon dos de les lui adresser en tant que femme alors que nous n'avions pas à contenir notre plaisir pour le faire durer. Et moi qui croyais naïvement que le fait de baiser une bourgeoise refroidirait ses ardeurs ! D'une certaine manière je devais être flattée de l'excitation que j'avais causée, car cela est plaisant de se sentir désirable et de bien bander un homme jusqu'à ce qu'il lâche son précieux jus, mais il y a parfois des flatteries qu'on préférerait échanger contre des choses plus concrètes ! Lambert me lança qu'il allait pisser dans un coin, que c'était toujours l'effet que ça lui faisait après avoir gamahucher une femme. Ce n'était pas très élégant, mais je m'en accommodai en remettant ma culotte, en rabaissant ma robe et en essayant de me défroisser un peu, car en se collant à moi, Lambert m'avait plus chamboulée de l'extérieur que de l'intérieur. Même ma coiffure avait pris un méchant coup. Quand il revint, il m'aida à réajuster ce qui méritait de l'être et me fit remarquer que le dos de ma robe était vert. Bien sûr, à me tamponner comme il l'avait fait, le vert de l'herbe avait déteint sur mes vêtements :

— Vous n'aurez qu'à dire que vous vous étiez couchée dans la pelouse pour observer le ciel et que vous n'aviez pas senti qu'elle était si grasse, m'expliqua-t-il.

J'avais peur que cela ne parût pas convaincant, où que l'on me prît pour une vraie gourde, mais je préférais encore être prise pour une gourde plutôt que d'avouer à mes parents que je venais de laisser le jardinier me la mettre dans l'herbe folle. Finalement, comme je m'étais trouvée dure avec Lambert et qu'il s'était montré bien serviable en acceptant de me baiser alors que rien ne l'y obligeait et en m'aidant à retrouver mes airs innocents, je le remerciai d'une bise en lui confiant que cela avait été bien savoureux de faire l'amour avec un homme.

— Mais il y a plein d'autres manières de le faire, me dit-il.

Il avivait beaucoup ma curiosité, et sans nous promettre d'expérimenter ces autres manières, nous nous séparâmes comme si rien ne s'était passé. Mais quand il fut parti, je m'arrêtai quand même à l'endroit où il avait déchargé, pour voir de ce fameux liquide qui s'était échappé de sa pine. Il était là, blanchâtre dans l'herbe, écoulé en petite quantité. Je le touchai du bout du doigt et constatai seulement sa texture visqueuse, collante. À cette époque j'étais vraiment surprise de savoir que cette mouille masculine confiée aux bons soins de

la femme pouvait se transformer en enfants.
Voilà un miracle de la nature !

IIIème Amour

— Ainsi donc, conclut mon interlocutrice, voilà ma première aventure avec un homme ! Vous êtes-vous senti plus dans le… personnage ?
— Eh bien, davantage c'est certain, mais il m'a manqué un petit quelque chose pour mieux me durcir la pine.
— Ah, et quoi donc ?
— Je trouve toujours appréciable qu'une femme prenne dans sa bouche le sexe qu'elle doit recevoir ensuite dans son con. Vous ne pouvez pas imaginer tous les fantasmes que cela suscite.
— Avec la femme à vos genoux !
— Ce n'est pas ce que vous croyez. Peut-être un petit peu, après tout la femme n'est pas malheureuse non plus lorsqu'elle tient la cravache, mais j'y vois surtout une saine confiance mutuelle. Ce trou-là n'est pas l'endroit le plus sûr pour le goupillon d'un homme ! L'homme n'est jamais aussi excité qu'en flirtant avec le danger, et il n'y a rien de plus dangereux que les incisives d'une femme

au moment d'engloutir ce qui nous fait homme. Vous comprenez maintenant pourquoi c'est irrésistible. Puis, dans la bouche il y a une langue que n'a pas un con, aussi accueillant qu'il soit ! Vraiment, c'est un bonheur, et ne croyez pas que l'on se sente puissant en baisant ainsi une femme alors qu'elle nous tient par le bout le plus sensible !

— Je suis heureuse de l'entendre, mais ne pensez pas que je m'offusquais. Cela fait parfois du bien d'être un peu plus chose entre les mains d'un homme, tant que l'on s'abandonne volontiers. C'est bien cela l'amour, un abandon volontaire à l'autre. Je suis prête à m'agenouiller devant l'homme que j'aime, s'il m'aime assez pour risquer sa virilité à mon couperet ! Puis tout cela n'est qu'un jeu.

— Moins ennuyeux que le bridge tout de même ! répliquai-je en remplissant à nouveau nos verres du cognac ambré.

— C'est amusant !

— Quoi-donc ? demandai-je.

— Cette discussion. Elle m'amène naturellement à vous parler de mon troisième amour, car mon troisième était terriblement joueur.

— Et qui était-ce donc cette fois ?

— Mon défunt mari.

— Oh, repris-je, confus, je suis désolé !

— Ne le soyez pas. J'ai aimé mon mari, et je l'aimerais toujours s'il était en vie, mais il est parti et j'ai appris à parler librement de lui. C'était un original, et pleurer, jamais il n'aurait accepté que cela m'arrivât à cause de lui. Vivant ou mort. J'ai pleuré pourtant, et je pleure encore parfois, mais la plupart du temps je ris de nos moments, car Eugène de B** était un homme excentrique et très amusant. C'était un marquis, et vous savez, ils ont une réputation !

Je lui dis que j'étais tout à l'écoute de son nouveau récit, pressé d'apprendre comment son marquis se distrayait avec son épouse. Elle entreprit de me parler de sa nuit de noces, si importante dans la vie d'un couple et qui détermine bien souvent ce qu'elle sera pour la suite. Elle me narra quelques détails de sa rencontre avec le marquis de B** qu'il serait ennuyeux de relater ici, car ils ne dérogent guère à l'étiquette des entrevues mondaines entre grands de ce monde, et aux conventions familiales qui se font en général au détriment des tourtereaux et de l'amour véritable. Puis, elle en arriva rapidement au vif du sujet :

— Comme vous le savez, je n'étais plus vraiment vierge, et l'idée de me marier, surtout avec un homme bien né, celui auquel mon statut me permettait de prétendre, m'angoissait. D'autant plus qu'Eugène n'était pas un mauvais parti. Il n'avait que cinq ans de plus que moi, il était plutôt beau, quoiqu'un peu frêle, il avait de la conversation et le plus important, nous éprouvions des sentiments mutuels qui s'apparentaient à de l'amour. Je ne le croyais pas vieux jeu, mais je craignais qu'il prît mon silence pour de la trahison. Pourtant, je n'osais rien lui avouer, et le jour du mariage, alors que l'échéance approchait, je continuais de garder le silence. Je tentais de ne pas songer au moment où il découvrirait ma fleur fanée, où il m'en ferait le reproche et où je tenterais fébrilement de lui expliquer que je l'avais sottement donnée à un pied de lit. Me croirait-il ? J'avais peur que non et mon mariage fut un moment douloureux, pénible, au point où je faillis me demander s'il ne valait pas mieux fuir plutôt que d'affronter l'épreuve à venir. J'avais entendu de terribles histoires d'épouses répudiées, traitées de « putain » et parfois mises à la rue par leur mari lorsqu'ils ne les prostituaient pas au prétexte de leur manque de vertu. Je redoutais cela, car mes parents aussi tomberaient des nues. M'aimeraient-ils encore ? Je trouvais cela idiot, mais les mœurs sont ce qu'elles sont et souvent elles sont injustes. Vraiment, comment un si petit détail peut changer quoi que ce soit à l'amour que l'on porte à une femme ? Vous offusqueriez-vous de ne pas découvrir votre épouse vierge à la noce ?

— Je suis un esthète chère amie. Un esthète n'a que faire d'une membrane invisible, parfois encombrante et qui tache si souvent les draps lorsqu'on la rompt. Puis l'on s'amuse beaucoup plus avec une femme informée. Je laisse les trophées aux chasseurs.

— Eh bien voyez-vous, mes doutes sur Eugène étaient infondés, car il pensait comme vous. Le soir, lorsque nous nous retrouvâmes tous les deux dans la chambre, il me fallut prendre mon courage à deux mains pour confier enfin mon secret. J'étais dans le lit, déjà en chemise, lui se délestait de ses vêtements debout devant moi, et comme il me regardait avec tendresse, je me dis qu'il était assez heureux pour essuyer le coup d'une mauvaise nouvelle, et que pour moins heureux qu'il serait après ma confession, il arriverait à me pardonner. J'inspirai profondément et je lui avouai donc que j'avais perdu ma virginité. Dans la foulée je désirai m'expliquer, justifier pourquoi je ne l'avais pas confesser avant, mais après s'être figé un instant, il me coupa en me disant que je le débarrassais d'un poids terrible. Je fus plus désappointée que lui et il me sourit en venant s'asseoir près de moi :

— Allons, ma chérie, ne crois pas que je parlais de toi. Bien sûr que je t'aime, mais vois-tu, j'étais très nerveux en sachant que j'allais t'épouser, au moins autant que toi en m'annonçant ce que tu avais à m'annoncer, car moi aussi j'ai un secret et qu'il faut que je te le confie maintenant.

Je lui dis que j'étais prête à l'écouter, et il m'invita à ne pas lui en vouloir de son silence, ce que j'acceptai puisqu'il ne m'avait pas reproché le mien :

— Eh bien voilà, dit-il, j'ai une chiffe à la place de la pine.

— Mais tu n'es pas pédéraste ? que je lui demandai, ne comprenant pas.

— Non, me répondit-il. J'aime les femmes, mais je ne peux pas les baiser, pas de la manière commune. J'ai le sexe trop mou. Il ne durcit pas assez pour pénétrer un con. Rien n'y a fait, je ne bande pas.

— Cela doit être très frustrant, dis-je simplement, interloquée par cette nouvelle.

— Je me suis fait une raison, et j'ai trouvé d'autres moyens pour me procurer du plaisir. Vois-tu, j'ai mis au point un petit jeu que j'ai pratiqué avec les femmes avant de te connaître, car tu ne m'en voudras pas, moi non plus je ne suis pas innocent en amour. Lorsqu'on est dans ma situation, on est bien obligé de pratiquer souvent les femmes pour savoir comment pallier la faiblesse dont la nature nous a affligés.

— Sûrement, répondis-je machinalement.

— Veux-tu jouer ?

Je demandai en quoi consistait son amusement et il me montra deux dés et une petite boîte dans laquelle se trouvaient des cartons retournés et en désordre. Il m'expliqua les règles :

— Vois-tu, si je fais un nombre plus grand que le tiens, alors je pioche une carte et tu dois me faire ce qui est écrit dessus. Si c'est l'inverse, c'est à toi de piocher et à moi de te donner du plaisir ! S'il y a besoin de quelques ustensiles, ne t'inquiète pas, tout est dans un coin discret de mon cabinet de travail.

J'étais très surprise de cette intrigante proposition, et en même temps plutôt émoustillée à l'idée de découvrir sans doute plein d'inconnus. Je m'installai en face d'Eugène et je prenais un dé, mais avant de le lancer je lui posai tout de même une question :

— Et si je refuse un défi ?

Eugène me sourit, et me caressant la joue me dit :

— C'est un jeu. Si tu refuses, tu perds la partie et il ne se passe rien de plus. Le seul but est de s'amuser.

Je lançai donc mon dé et je fis un 5 pour commencer. J'étais plutôt fière de moi, mais voici qu'Eugène fit un 6 sous mes yeux. Il faut dire qu'il avait lancé d'une main assurée alors que la mienne était encore tremblotante d'excitation. Évidemment, Eugène connaissait les défis, moi j'étais dans l'inconnu absolu et cela me provoquait une émotion particulière. Ce fut donc avec une petite déception que je le vis plonger ses doigts dans les cartons en me demandant ce que je devrais lui faire. Il en tira un et lut :

— Chère Hélène, dit-il en souriant malignement, il va falloir que tu me fesses. À vingt reprises. J'espère que tu as le poignet solide et la main ferme.

Je restai interloquée par ce défi qui ne correspondait pas vraiment à ce que j'avais imaginé. À cette époque, je ne voyais pas ce qu'il y avait de plaisant à se faire fesser ou à fesser quelqu'un. D'ailleurs, je n'avais nulle envie de fesser mon époux, mais je lus le carton moi-même, pensant qu'il se moquait de moi, et c'était bien écrit ça.

Sans remarquer mes hésitations, Eugène ôta sa chemise, son pantalon, et se montra généreux en me laissant décider de la manière dont je voulais le fesser : allongé sur le lit, debout ou sur mes genoux comme un enfant ! Je ne pouvais pas reculer dès le premier défi, et comme le visage d'Eugène respirait l'allégresse, il devait aimer ça. Ça me paraissait saugrenu, mais après tout, c'était un jeu. Finalement, je n'étais pas mécontente d'avoir perdu ce premier tour à ce moment-là ! Je ne voyais que l'humiliation, rien d'excitant ou d'érotique. Par défaut, ne sachant trop quoi répondre, je demandai à Eugène de s'allonger sur le lit, ce qu'il fit aussitôt en s'installant sur le ventre et en me disant de commencer quand je le souhaiterais, sans même le prévenir pour donner plus de piquant à la première fessée. Devant le petit cul rond de mon époux, je restais interdite, la main droite levée, mais ne parvenant pas à l'abattre sur ce postérieur si blanc, si tendre qu'il ressemblait vraiment à un cul d'enfant. J'avais des scrupules bien compréhensibles, je crois. Ce n'est pas facile de fesser son mari lors de sa nuit de noces, même à sa demande. Cependant, je ne pouvais pas attendre le déluge, il fallait bien que je m'exécute, et je laissai retomber ma main une première fois sur la fesse droite d'Eugène. Il en résulta un claquement timide, une secousse onduleuse sur son épiderme et une légère rougeur :

— Allons, Hélène, c'est léger tout ça. Plus fort, n'hésite pas, dis-toi que je suis un vilain garçon, que j'ai péché, que tu dois me punir.

Je m'y repris donc en frappant plus fort ma main sur son cul, et cette fois Eugène poussa un gémissement de contentement :

— Oh oui, ma belle ! Frappe plus fort si tu le peux. Imagine que je me suis masturbé sur ta sœur. Cela ne te rendrait pas jalouse ? Vas-y, punis-moi !

Je pris autant d'amplitude que je le pouvais et je tapai à nouveau de toutes mes forces. Le claquement résonna dans la pièce, la marque rouge de mes doigts et de ma paume se dessina sur la peau blanche de mon mari qui expira un petit cri de douleur en ajoutant :

— Oh oui, j'ai péché, fais-moi expier. Fais-moi rendre gorge de ma luxure. Frappe, jusqu'à ce que je ne puisse plus m'asseoir, que je te supplie. Frappe !

Il me fallut m'y reprendre dix-sept fois encore, et je dois dire qu'à la fin j'avais sans doute plus mal à la main qu'Eugène à son cul, et j'avais le bras plein de crampes. Comme il se redressait et qu'il me vit la mine un peu renfrognée en train de me masser les muscles endoloris, il me prit par les épaules en me disant :

— C'était fantastique ! Tu as l'air déçue, je comprends, mais ne t'inquiète pas, ça sera ton tour un jour, et aucune femme n'est jamais restée insensible à mes fessées. Tu verras, tes fesses en seront violettes et tu hurleras de plaisir.

Eugène n'eut pas le temps de remarquer ma stupéfaction après sa dernière phrase, car il était déjà retourné à ses dés et à son jeu. Il fit un petit 3. Cette fois j'avais encore plus de chances de gagner, et je priais en mon for intérieur pour perdre. J'espérais un 1 ou un 2, une égalité pourquoi pas. Mais non, je fis un 4. Je piochais donc et je tombais sur la carte « partie carrée ». Eugène me dit que ce n'était pas possible, qu'il aurait dû la retirer, car c'était uniquement pour les parties à 4 joueurs :

— On se baise tous ensemble comme au bon temps des Romains ! précisa-t-il en se remémorant visiblement quelques moments plaisants.

Je piochai donc une deuxième carte que je lus, très surprise :

— Tu dois me téter !

— Tu as d'assez jolis seins pour ça ! s'exclama-t-il.

Il est vrai que j'avais des seins généreux, pas ceux d'une nourrice bien sûr, car je n'étais jamais tombée enceinte, mais de belle taille et surtout de belle forme. Si Agnès m'avait vue ainsi, je l'aurais sûrement rendue jalouse maintenant que je la valais bien, puis l'excitation du moment me les raffermissait encore un peu plus.

— Mais, tu n'es pas un enfant ! que je lui lançai naïvement.

— Crois-tu qu'un homme ne puisse pas boire le lait d'une femme ? Au contraire, il n'y a pas plus saine boisson et lorsqu'elle glisse dans la gorge, toute chaude de la poitrine qui la renfermait, c'est d'une douceur ineffable.

— Mais je n'ai jamais fait ça ! m'écriai-je, non sans angoisse.

— À la bonne heure, ce jeu est fait pour nous faire vivre de nouvelles expériences. Ce n'est pas compliqué. Viens donc là et suis simplement mes explications.

Eugène retourna s'allonger, sur le dos cette fois. Je pouvais voir son membre entre ses jambes qui restait désespérément recroquevillé, et je commençais à regretter sa paresse qui me valait tous ces jeux bizarres qui m'amusaient moins qu'Eugène.

— Voilà, à présent, dit-il, tu te mets au-dessus de moi, à quatre pattes, et de telle sorte que tes deux jolis tétons pointent tout près de ma bouche. Je pense que ça ira. Avec certaines femmes, cela n'est pas possible, leurs seins ne pendent pas assez, mais les tiens, en t'inclinant un peu sur moi, devraient être parfaits pour le faire ainsi !

Je trouvais ça étrange, mais après l'angoisse, l'idée d'allaiter un homme me parut surtout loufoque et finalement m'intriguait assez pour que je me prêtasse de bonne grâce aux désirs de mon époux. Je coinçai donc mes jambes contre ses hanches, mis mes deux bras de part et d'autre de sa tête et laissai, comme il me l'avait demandé, mes deux seins pendre au-dessus de sa bouche. Il ne voulait pas avoir à se redresser, alors je me penchai en avant, dans la position d'une chatte qui s'étire, pour que mes tétons soient exactement à portée de ses lèvres. Il me confirma que tout était parfait et commença à s'agripper à mon téton droit, qu'il relâcha aussitôt pour me dire que c'était bien, mais qu'il me fallait pincer mon sein pour mieux faire affluer le lait :

— S'il ne vient pas, dit-il, je risque de téter avec plus d'insistance, et j'ai des dents. Je ne voudrais pas meurtrir une si jolie poitrine.

Cela aurait été bien ballot en effet ! Je m'improvisai donc acrobate en gardant la même position, mais en pinçant mon sein un peu au niveau de la pointe pour que mon homme pût s'abreuver plus facilement. C'était une curieuse sensation ! J'avais perdu ma virginité sur un pied de lit, mon premier allaitement se faisait avec un homme formé, j'étais décidément vouée aux premières expériences inattendues ! Eugène me tirait le lait comme un bambin, en exagérant sans doute le bruit de succion qui l'excitait. Je pressai mon sein, et à un moment, à cause de la position couchée qu'il avait adoptée et du flux généreux de mon lait, il se retira brutalement et manqua de s'étouffer en une toux vive et continue. Je me redressai, m'installant à califourchon au niveau de sa pine molle pour lui permettre de se redresser lui-même et d'expectorer le lait qui s'était trompé de chemin !

— Je suis désolé ! dis-je, pensant avoir un peu trop pincé mon sein, mais Eugène, le visage encore cramoisi de sa suffocation me sourit et me dit d'une voix étranglée :

— Ce n'est pas de ta faute. J'ai été trop gourmand ! J'ai voulu retourner et retourner ton lait dans ma bouche pour m'imprégner de ton goût, et finalement je l'ai avalé de travers. Mon Dieu, que tu es bonne ainsi ma chérie. Ton lait est aussi chaud qu'un nid de caille et puisque jamais je ne pourrai te donner d'enfants, tu pourras m'en délecter comme ton fils unique.

Sa phrase me fit un drôle d'effet. Je n'y avais pas songé, mais oui, il ne me mettrait jamais enceinte. Sur l'instant, je ne m'y attardai pas, mais cela me refroidit assez pour qu'Eugène s'en rendît compte, et croyant probablement que le jeu ne m'avait pas beaucoup amusé, il m'écarta de lui pour retourner lancer le dé. Pourtant, le jeu m'avait plutôt plu, et il y avait quelque chose de très excitant à se faire pincer le sein par les lèvres d'un homme, à sentir sa langue courir sur son téton dur de plaisir, à savoir que notre liquide chaud abreuve le mâle comme un aphrodisiaque. Mais il avait gâché l'effet par cette phrase qu'il pensait sûrement inoffensive, car lui-même s'était fait depuis longtemps une raison à ce sujet, alors que ce n'était pas le cas pour moi.

— Mais, si je puis me permettre, dis-je, n'avez-vous pas un fils qui cherche la fortune en Argentine ?

— J'ai un fils, mais il n'est pas de moi. Je l'aime également, mais c'est un orphelin qu'Eugène et moi avons élevé ainsi que s'il avait été le nôtre. Voyez-vous, Eugène ne m'aurait pas reproché de tomber enceinte d'un autre homme, il n'aurait pas jalousé ce qu'il ne pouvait m'offrir, mais je m'y suis toujours refusée, et lorsqu'il est mort, je n'avais plus l'âge pour qu'un homme me fertilisât.

— Alors qu'ils vous convoitent toujours !

— Comme une terre belle, mais stérile. Enfin, je n'ai pas été malheureuse et c'est déjà ça. Où en étais-je ?

— Votre époux allait lancer le dé une troisième fois.

— Ah oui ! Tandis que j'étais encore un peu chamboulée, il lança son dé et fit un 5. Je l'imitai et fis un 4.

— Tu es chanceuse ! qu'il me dit après avoir tiré la carte. Monter la tête à son homme / sa femme. Celle-ci je l'adore ! Tu vas aimer aussi ma chérie, j'en suis certain !

Nous retournâmes dans le lit, car ce que la carte signifiait était très clair en vérité. Pendant que le gagnant s'allongeait sur le matelas, le perdant asseyait son sexe ou son cul sur son nez et sa bouche. Évidemment, rationnelle que je suis je m'interrogeais sur les conséquences pour la personne ainsi étouffée :

— N'aie crainte, me dit-il en se voulant rassurant. Lorsqu'il me deviendra impossible de respirer, je frapperai le lit du poing droit et tu pourras te retirer… mais pas trop vite ! Tu sais que suffoquer est très bon pour le plaisir ? Il paraît que chez les hommes la suffocation peut suffire à des éjaculations incroyables, et qu'on a jamais vu semence plus généreuse que chez les pendus au moment de rendre leur dernier soupir. Un jour cela me tirera peut-être une érection priapique.

Je soulignai le danger de l'exercice, et il me rétorqua :

— Tant que l'on s'arrête à temps…

J'étais dubitative, mais en lui mettant mon buisson sur le visage, je ne lui mettais pas une corde au cou. Il me serait aisé de me retirer. Enfin, je m'assis sur lui, m'assurant que son nez et sa bouche étaient bien pris dans toute la longueur de mon con. C'était un pur délice ! Il y allait de sa langue pour me chatouiller, éveillant mes points nerveux, je la sentais aller et venir en tous sens entre les feuillets de mon sexe, et à plusieurs reprises Eugène expira et tenta d'inspirer l'air dont je le privais, et cela me donnait les mêmes sensations que lorsque le vent frais s'engouffrant sous la robe vient biser l'intérieur des cuisses. C'est terriblement sensuel, pénétrant, et à cela s'ajoutait mon sentiment de toute puissance. Vous avez raison, la femme parfois aime tenir la cravache. Là, je n'en avais pas, mais je devinais à ses expirations de plus en plus rares, à ses courtes inspirations, qu'Eugène étouffait petit à petit sous moi, que mes sécrétions imprégnaient son visage et remplaçaient l'oxygène dans sa bouche et sa gorge. J'aimais être dominante. Oh, ce n'était que de la pacotille, car Eugène aurait pu me renverser sans difficulté, mais c'était très agréable et je jouissais de me sentir ainsi. Je me caressais les seins, je me dandinais doucement sur le visage d'Eugène comme je l'aurais fait sur sa pine, je gémissais pour m'exciter encore plus, et j'étais tellement enivrée par mon propre plaisir que je manquai de louper les trois coups de mon époux sur le lit. Je ne me retirai qu'au quatrième. Eugène était cramoisi et il lui fallut plusieurs inspirations profondes pour reprendre son souffle. Il était barbouillé de ma mouille, elle lui avait coulé jusque dans les cheveux et j'imaginais que ça lui suffisait, mais non, il insista pour que je me remisse à califourchon sur son visage :

— Maintenant que tu es trempée, il serait bête de s'arrêter en si bon chemin ! qu'il dit.

Je n'étais pas mécontente, car il m'avait manqué un effort supplémentaire pour jouir pleinement, et après quelques stimuli sur mon clitoris, quelques caresses sur mes seins gonflés de plaisir et une série de gémissements qui se transformèrent en cris de satisfaction, j'éprouvai une bouffée de jouissance incontrôlable qui me courba en deux. Elle fut suivie de petites répliques moins intenses, mais aussi euphorisantes qui finirent de m'abattre. Voyant que je n'étais plus bonne à rien, Eugène se dégagea de moi par ses propres moyens et m'allongea à côté de lui. C'était à mon tour d'être rouge cramoisi, de me sentir chaude comme une fournaise, et pourtant, intérieurement, je frissonnais encore du plaisir que j'avais éprouvé :

— C'était bon ? me demanda-t-il.

J'acquiesçai d'un hochement de tête et d'un sourire béat qui disait la force de la sensation qui m'avait parcourue tout entière. J'étais ébranlée, retournée, chiffonnée, et c'était un pur bonheur ! Il m'embrassa sur la bouche, dévorant mes lèvres frémissantes et entrouvertes, avant de me laisser reprendre mes esprits, allongée nue sur le lit, reposant sur les draps blancs comme la Rolla du tableau.

— Je crois, me dit-il, que l'on a assez joué pour aujourd'hui ma chérie !

J'approuvai, car je goûtais encore à la plénitude que m'avait causée mon orgasme, et jamais je n'avais trouvé si doux d'être épuisée, vidée de mes forces, et je me sentais si bien à la merci de mon homme. Vraiment, cette nuit fut inoubliable, et c'était la preuve qu'avec Eugène le hasard avait bien fait les choses.

IVème Amour

— Je dois dire que votre histoire est étonnante ! m'exclamai-je à la conclusion du récit que m'avait fait Hélène.
— Pourquoi cela ? me demanda-t-elle en me montrant son verre vide pour que je la resservisse.
— Vous êtes arrivée à me faire bander durement dans mon pantalon, alors qu'il n'y a pas une pine dans votre histoire !
— Puis-je voir, cette fois ? me lança-t-elle, impudique.
Je me levai de ma chaise pour qu'elle constatât une bosse solide à mon entrejambe :
— Est-ce agréable ? reprit-elle.
— De bander ? Assurément, mais il n'y a rien de plus frustrant que de le faire à l'étroit.
— Alors, déboutonnez-vous, vous serez plus à l'aise. Ne croyez pas que vous me choqueriez. J'en ai vu de toute sorte. Puis qui sait, il se pourrait bien que vous me la mettiez ailleurs que sous les yeux.
— Soit ! Je ne refuse rien à une dame ! répliquai-je en défaisant ma ceinture, en

déboutonnant mon pantalon et en le baissant jusqu'à mes chaussures. Je me trouvai de suite plus à l'aise, le braquemart tendu bien raide devant moi. Il me fallait faire bonne impression, car j'essuyais le regard sagace d'une femme expérimentée, mais elle parut très satisfaite des mensurations de mon goupillon.

— Pouvez-vous approcher ? me dit-elle.
Je m'exécutai avec fierté :
— Je dois le voir de plus près. Il s'est si poliment décalotté devant moi.

Elle prit mon sexe dans sa main droite, le pressant un peu comme pour s'assurer de sa fermeté, toucha mes couilles en les pinçant doucement :

— Oh oui, dit-elle, ce sont bien là celles d'un mâle jeune et fertile.

— Sans me vanter, vous n'avez pas dû en connaître beaucoup de cette trempe-là.

Elle me laissa repartir à ma place, et après une gorgée de cognac, me lança en souriant :

— Il y a la trempe de l'engin et le doigté de l'ouvrier ! Mais j'ai connu deux hommes aux engins rutilants qui ne manquaient pas de maîtrise. Voulez-vous que je vous en parle ?

— Tant que nous y sommes. Puis, si je dois bander, peut-être votre histoire me tirera-t-elle le foutre de la pine.

— Dans ce cas je vous laisserai nettoyer le tapis.

J'acceptai le défi.

— C'était quelque temps après la mort de mon époux, commença-t-elle. Vous ai-je dit comment il est mort ? Non, bien sûr. Un accident. Ironie du sort, alors que je l'avais mis en garde, il n'avait jamais abandonné l'idée qu'une suffocation extrême débloquerait en lui la mollesse de sa virilité. Au fond, même s'il semblait l'accepter, il ne pouvait se résoudre à ne jamais éprouver ce que tout homme ressent lorsque le plaisir lui monte à la tête. Il avait tenté un tas de remèdes miraculeux, j'avais donné de tout mon être pour l'aider à bander, et malgré cela, rien n'était jamais venu. Je lui disais que cela ne me faisait rien, qu'une femme avait plein d'autres manières de jouir, mais évidemment, cela ne le satisfaisait pas lui. Comme il savait que ses pratiques de suffocation m'effrayaient, il les mettait en œuvre en solitaire, souvent à mon insu, et un jour que je rentrais du couturier, je l'ai découvert dans la chambre, nu, une corde autour du cou et la corde accrochée au radiateur en fonte. Ses mains ne touchaient pas le sol, ses fesses non plus, juste ses pieds qu'il n'avait pas réussi à ramener sous lui pour soutenir son corps et empêcher la strangulation. Il n'avait même pas poussé un cri. Je revois son visage rouge, ses lèvres, cette trace violacée sur sa gorge comprimée, et ironie du sort, il n'avait pas bandé. Il avait poursuivi une chimère qui avait fini par l'emmener dans la tombe.

Comme je disais à Hélène que j'étais désolé, que cela avait dû lui être très pénible de découvrir ainsi son époux, elle me confia que c'était lointain et qu'elle avait surmonté cette épreuve :

— Que voulez-vous, les choses sont ainsi. Il y a bien un moment où nous aurions été séparés de toute façon. Il est rare de partir ensemble. Enfin, je finis par reprendre le cours normal de ma vie, veuve, mais riche et encore belle, une situation qui n'est pas si terrible quand on y pense. Ça doit être beaucoup plus difficile d'être veuve à un âge canonique. Je pus profiter du réconfort de mon fils, qui depuis est allé à l'autre bout du monde, et j'étais toujours une femme désirable pour la plupart des hommes. Ça m'a aidé à supporter la fin de nos jeux avec Eugène. Je connus beaucoup d'amants d'un jour à cette époque, mais une seule de ces aventures me revient dans les détails, sûrement parce qu'elle fut ma première expérience à trois ! Avez-vous déjà pratiqué ?

— Je dois bien reconnaître que non, répondis-je, mais cela me serait inutile. Un homme n'a qu'une pine et il n'est pas comme la femme. Son fusil est à un coup !

— C'est vrai ! me dit-elle. Un avantage de la femme ! Ainsi, je vécus une partie… comment pourrait-on dire… triangulaire ! Cela arriva par hasard, un jour que je mangeais seule une glace à la terrasse d'un café. Il faisait beau et je n'étais pas accompagnée ce jour-là. Je profitais du soleil, de l'ambiance des boulevards animés, j'étais perdue dans quelques pensées, lorsqu'un jeune homme m'adressa la parole et me tira de mes songes. C'était un militaire, un officier, un lieutenant fraîchement diplômé qui, d'après ce qu'il me dit plus tard, devait rejoindre son régiment le lendemain. Il me demanda s'il pouvait me tenir compagnie, m'offrir quelque chose, tout cela avec beaucoup de courtoisie et d'élégance. J'acceptai cette charmante compagnie non sans avoir un peu discuté pour éviter de passer pour une cocotte, et il me demanda alors si son ami resté à l'écart et officier lui aussi pouvait également s'installer à ma table. Évidemment, il avait préféré m'aborder seul pour ne pas m'effrayer, car être en tête à tête avec un inconnu est une chose, mais l'être avec deux fait reculer beaucoup de femmes. On ressent instinctivement pour le groupe masculin une certaine méfiance lorsqu'il n'est composé que de visages étrangers. Comme le jeune ami présentait très bien, je ne me voyais pas lui refuser ma table, au risque de perdre mes deux tourtereaux du jour, parce que je ne me leurrais pas, je ne les laissais pas de marbre, surtout le premier. Ils n'en voulaient pas qu'à mon esprit et à mon verbe ! Nous discutâmes aimablement d'abord, puis comme nous devenions plus familiers, nous nous autorisâmes quelques licences. Je flattais mes interlocuteurs sur le torse magnifique que leur faisaient leurs uniformes, ils me flattaient sur mon corsage et sur ce qui lui donnait tant de reliefs. J'avais un peu de glace au coin de la bouche, Albert, le premier des deux officiers, me l'essuya avec

son mouchoir, invitant à me pencher vers lui pour bien faire et dévoiler sous ses yeux pleins de convoitise ma gorge que j'exposai volontairement avec un soupçon d'impudeur. Cependant, nous étions en public et nous nous devions de nous brider, et comme je commençais à avoir chaud malgré la glace, que mes deux compagnons avaient un uniforme moulant qui ne laisserait aucun doute sur leur excitation virile si je venais à les émoustiller un peu trop, nous décidâmes de concert de quitter le café. Ils n'avaient pas un vrai chez eux et nous ne pouvions pas prendre une chambre d'hôtel à trois, alors je les invitai à me suivre chez moi.
— Vous ne redoutiez pas les histoires de la domesticité ? Ils colportent les ragots à la vitesse du son ! fis-je remarquer.
— Vous voulez rire ? La bonne Anne avait le cul leste, elle aurait fait une excellente tapineuse, même mon fils l'avait troussée à ses dix-huit ans sonnés, et le majordome courait le minot. Nous étions bien assortis ! Ainsi, je ramenai les deux lieutenants avec moi, d'abord au salon, pour un petit cognac, puis dans ma chambre, parce qu'ils devaient partir pour la gare dans la soirée, et si nous désirions nous amuser un peu comme des

adultes, nous n'avions pas de temps à perdre. Nous nous déshabillâmes mutuellement, et bien sûr il fallut nous organiser, car il y avait en présence deux pines de militaires bien raides et solidement dressées, et je ne risquais pas de les prendre toutes les deux au même endroit.

— Oh, inutile, me dit Albert, je pense que j'ai la solution. Voyez-vous, mon ami a une préférence pour les hommes. C'est fréquent parmi les militaires. Moi-même je préfère les femmes, mais je ne dédaigne personne. Que diriez-vous de la chenille ?

Albert m'expliqua devant mon regard interdit et je trouvai cela très amusant ! Il s'agissait pour moi de me mettre en levrette, de me laisser foutre ainsi par Albert qui lui se ferait prendre le cul par André. Chacun trouvait son compte ! Je me caressai un peu avant, je demandai à Albert de me lécher le con pour me faire mouiller, car je n'aime pas les pénétrations sèches, et après quelques minutes, j'étais prête à recevoir sa pine en moi. Une belle pine qui allait s'enfoncer profondément, et par-derrière, à la chienne. C'est excitant cette animalité, vous ne trouvez

pas ? Le sexe est un instinct très primaire qui s'accorde mal aux abus de chichis selon moi.
— Sûrement. Mais pour être très honnête, si l'homme apprécie être comparé à un étalon ou un taureau, c'est que tous deux en ont de plus grosses que lui, répondis-je.
— Oui, et en tant que femme toujours préservée comme une jolie poupée, ça fait du bien de se sentir bestialisée le temps d'un coït. Sans abus, bien sûr ! Enfin, je me mettais à quatre pattes sur le lit, le cul relevé en évidence pour qu'Albert pût y fourrer sa pine. Elle pénétra en moi, plongeant jusqu'à la garde, pendant qu'il me caressait le cul sur lequel, flatteur, il me fit les meilleurs compliments. Il glissa ses mains le long de mon corps, sur mon cou, mes épaules, et aimablement me demanda si tout allait pour le mieux. Comme si je pouvais me sentir mal avec un si bel outil dans le con ! Puis André procéda de même en introduisant sa pine dans le cul d'Albert. Je l'entendais gémir comme un enfant, car la pine d'André n'était pas modeste, et le cul est plus serré qu'un con… et bien moins mouillé ! Mais après quelques gesticulations, elle finit par rentrer et par le ramoner, tandis que dans un même

mouvement Albert me ramonait à l'intérieur, d'avant en arrière. Assez lentement au début, puis plus rapidement au fur et à mesure que l'excitation grandissait, et comme souvent lorsque l'homme joue le cocher au cul de la femme, il m'attrapa les cheveux pour en faire ses rênes. Je me redressai légèrement, je jetai ma tête en arrière aussi loin que je pus sans me briser la nuque. En même temps que les cuisses d'Albert claquaient sur mes fesses, celles d'André battaient la cadence sur celles d'Albert, et nous étions plus un attelage qu'une chenille de mon avis ! C'était terriblement bon, mais à un moment donné, comme Albert n'avait pas encore tiré son coup, pas plus qu'André d'ailleurs, je lui demandai de passer par l'autre trou. J'avoue que la sodomie, puisque c'est ainsi que l'on dit lorsqu'on encule, me rendait curieuse ! Si Albert se la faisait mettre là, pourquoi une femme ne l'aurait pas pu ? Galamment, Albert accepta tout en me prévenant que ça serait légèrement douloureux au début et que peut-être cela ne me plairait pas :
— Voyez-vous, qu'il me dit, chez l'homme, la pine par le cul appuie là où naît le plaisir,

comme le clitoris chez la femme. Mais il n'en va pas de même avec votre anatomie.

— Je suis curieuse, lui répondis-je simplement. Ah, je dois dire que j'ai regretté ma curiosité ! J'étais serrée comme une adolescente dans son premier corset, et même huilée de ma mouille, la pine d'Albert eut bien du mal à se frayer un chemin ! C'était dur, je gémissais en essayant de me retenir de crier pour ne pas effrayer mon dévoué serviteur, et quand elle fut dedans, je sentis une furieuse envie de déféquer ! Ce n'est pas très élégant, mais véridique ! Albert me dit que c'était normal, mais vraiment, ce n'était pas du tout agréable, et après lui avoir laissé faire quelques allers et retours, pour ne pas paraître indécise et douillette, je lui demandai de retourner dans mon con. Il accepta, mais il n'eut pas à rester longtemps ! Malgré les arrêts que j'avais sollicités pour qu'il allât d'un trou à l'autre, je l'avais bien excité, et après un ultime râle de plaisir, il se retira de moi en gentleman et m'éjacula sur le dos, d'un jet si puissant qu'il m'en vint jusque dans la nuque et dans mes cheveux ! Il ne s'était pas douté qu'il ne risquait plus de me faire d'enfants, et je prenais son attention comme un compliment sur mon âge et l'attitude d'un homme de parfaite éducation. Pendant qu'André continuait de le marteler à sa guise, Albert me massa, étalant sa semence sur moi comme si j'étais une déesse à fertiliser ! Je dois dire que la sensation de ses mains m'imprégnant de ce liquide chaud sur ma peau nue était irrésistible. Je n'ai jamais pu avaler une goutte de cette substance salée et visqueuse, mais quel bonheur que de la sentir sur soi, de savoir que c'est nous qui sommes allées la tirer des couilles de l'homme par l'excitation irrépressible qu'on lui a causée. Cela m'avait manqué avec Eugène, et j'avais été heureuse de retrouver cette sensation après sa mort, d'éprouver à nouveau l'effet concret que je faisais sur la gent masculine, de faire couler cette semence des pines dressées par mes mains ou par mon con.

De mon côté j'étais satisfaite, Albert était bien vidé, mais encore fallait-il qu'André tire son coup comme disent les hommes. La main gauche sur l'épaule de son ami, le bras droit autour de sa taille, il s'occupait du cul d'Albert en habitué, mais, malgré tout, il ne déchargeait pas, et finalement se fut en s'astiquant la pine à la main, le gland dans la bouche d'Albert, qu'il finit par lâcher son foutre. C'était un curieux spectacle pour une femme que de voir deux hommes se baiser ensemble, et même si je détestais moi-même cette expérience, voir le foutre déborder des lèvres d'Albert, s'écouler avec sa salive sur son menton et sa poitrine nue, me donna une furieuse envie de me caresser. Imaginez, Adonis et Ganymède baisant ensemble, s'enculant, se suçant, c'est le bonheur d'une femme ! Un fantasme difficile à assouvir. J'y prenais presque plus de plaisir qu'à me faire gamahucher. Ce fut la jouissance absolue pour moi quand au moment où je me touchais ainsi, André plongea sa langue dans la bouche d'Albert pour se repaître du foutre dont il l'avait gavé. Puis, comme si cela ne lui suffisait pas, André se mit à pourlécher le torse et le menton d'Albert pour saisir les gouttelettes de sa semence qui avaient perlé.

— Il avait drôlement faim ! fis-je remarquer, railleur, car j'étais comme Hélène, goûter au foutre ne m'enthousiasmait guère, fût-ce le mien.

— Vous n'aimez pas cela vous non plus ? Je vous comprends. L'excitation nous fait croire que c'est le nectar des Dieux, mais à l'instant venu, au moment de le sentir sur sa langue, de l'avoir dans la gorge, ça donne l'impression d'une eau de mer qui aurait la texture d'une méduse. La seule fois où j'ai laissé un homme me faire ça j'ai manqué de m'étouffer. Mais visiblement Albert adorait, et André tout autant. Il en faut pour tous les goûts comme on dit !

— Que s'est-il passé ensuite ? demandai-je, curieux.

— Oh, répliqua mon interlocutrice, vous savez, quand les hommes ont déchargé, il ne se passe plus grand-chose. Le sexe amolli, ils restèrent un moment sur le lit à côté de moi, reprenant leur souffle, leurs esprits, plaisantant, et ils entreprirent de me conter quelques-unes de leurs histoires. Des histoires de militaires comme il ne s'en raconte que dans les alcôves secrètes des femmes, car elles feraient fureur si elles parvenaient aux oreilles des généraux. J'imagine que les histoires de ce genre, si fantasmatiques pour les femmes, ne vous intéressent pas trop.

— Vous venez de m'en raconter beaucoup déjà ! Après tout, il me suffit de remplacer l'un ou l'autre par la charmante dame que j'ai devant moi !

Hélène sourit à ma flatterie que je tendais comme un appât. Je bandais comme un adolescent à sa première caresse, je sentais s'échapper de ma pine de ce liquide translucide qui précède le foutre, et à présent, Hélène était allée trop loin dans l'excitation pour que je ne tentasse pas ma chance à la fin de notre discussion.

— Soit, alors imaginez-moi à la place d'Albert, revêtue d'un bel uniforme de lieutenant de cavalerie. Vous voyez les galons, les oripeaux, enfin tout ce que l'on trouve sur un uniforme d'officier. Maintenant, imaginez-vous à la place d'André, revêtu du même uniforme et concevez un box à chevaux vide dans une écurie. Gommez les odeurs et le bruit, encore que vous pouvez faire selon votre préférence, mais gardez le sol paillé et le bois rêche des parois. Il faut garder de cette rudesse paysanne, je crois. C'est ce qui fait le charme de cette histoire. Vous avez le décor ?

— Ce n'est pas si compliqué à visualiser, répondis-je.

— Très bien, à présent imaginez que nous nous sommes retrouvés tous les deux isolés dans cette écurie et que nous désirant fort l'un et l'autre, nous profitions de ce court instant de répit pour nous baiser dans un coin. Vous m'emmenez à l'écart, dans un box libre, et là, la situation ne nous le permettant pas différemment, nous décidons de le faire à la hussarde. Vous déboutonnez votre pantalon, juste ce qu'il faut pour en laisser échapper votre membre voluptueux gorgé de sang bouillonnant, et moi je me retourne contre la paroi de bois, les mains en l'air, la taille cambrée et le cul offert. Vous me baissez le pantalon sous les fesses pour dévoiler les deux portes, et comme vous avez le choix, puisque c'est bien de moi qu'il s'agit et non d'Albert, vous passez par celle qui nous plaira le mieux à tous les deux : le minet. Là vous le mouillez de votre salive et vous me demandez de me cambrer un peu plus pour bien glisser votre pine à l'intérieur de mes cuisses, puis entre mes lèvres et enfin dans mon con. De là, vous avez assez d'expérience pour imaginer facilement à quoi peut ressembler mon sexe. Il n'est pas très différent de celui de la majorité des femmes. C'est un lieu chaud et accueillant aux goupillons des hommes ! Maintenant, vous y allez pour le ramoner à votre guise, vous y allez si fort que plusieurs fois vous me collez à la paroi, vous me brusquez comme jadis le souverain brusquait la paysanne qui lui devait droit de cuissage. Vous me mordillez l'oreille, vous frottez votre nez dans mon cou pour humer le parfum de la femme en sueur, parce qu'il fait chaud sous les uniformes dans cette écurie peuplée de chevaux. Vous aimeriez passer vos mains sur mes seins durcis, mais vous n'avez que la frustration de palper le tissu, alors vous vous vengez en plantant votre verge toujours plus profondément en moi, pour que je la sente bien entre mes reins. Douce vengeance, car mes petits cris ne sont pas de douleur, mais de plaisir. Pourtant, je suis trop bruyante, on pourrait nous entendre ! Vous défaites votre ceinture de cuir et vous me la mettez entre les lèvres. Je me laisse faire. Je sais que je faute en gémissant, qu'il faut me réduire au silence. Vous la nouez fort derrière ma tête, en prenant garde tout de même de ne pas coincer mes cheveux dans le nœud. Voilà mes cris étouffés dans ma gorge, mais la jouissance est toujours là, plus puissante que jamais, et tout à coup, je sens en moi le jet violent du foutre partir de votre pine, puis les jets plus tendres et enfin l'écoulement de la semence qui s'échappe en filaments gluants de mon sexe lorsqu'après une ultime ruade vous vous retirez de moi, me laissant groggy contre la paroi, les jambes tremblotantes, le souffle court et les fesses brûlantes. Un peu de votre semence sur la paille, c'est tout ce qui restera de ce moment quand j'aurai remis mon pantalon, que vous aurez rengainé votre épée, hormis le souvenir à venir de mon cul douloureux sur la selle du cheval !

— Et le marmot neuf mois plus tard !

— C'est une histoire, et dans les histoires les femmes n'ont pas à craindre l'arlequin dans la soupente !

— Et les hommes non plus !

Hélène me sourit, d'un air qui voulait dire que je n'avais pas trop à me plaindre de ce point de vue. Je n'insistai pas, même si j'aurais aimé lui répondre que pour l'homme sérieux, bien que la semence soit facile, la récolte des arlequins était une aussi lourde charge que pour la femme. J'espérais qu'elle ne me prit pas pour un irresponsable, car je pouvais m'en prévaloir, jamais je n'avais laissé à l'une de mes amantes autre chose que mon nom et le bon souvenir de ma pine.

Vème Amour

— Alors, reprit Hélène, où en êtes-vous ?
— Si vous parlez de ma virilité, sachez que je suis prêt à lutiner la Bacchante ! Vos dernières images ont fini de me remonter comme dans ma prime jeunesse !
— J'en suis fort aise ! Je dois vous avouer quelque chose en retour. Je me suis faite mouiller moi-même, me dit-elle en esquissant un sourire malicieux.
— Le coup rapide, en cachette, sous la menace d'un regard ou d'une oreille indiscrète, il n'y a rien de plus excitant, répliquai-je.
— Un des plaisirs de la jeunesse. Avec l'âge je préfère tout de même le confort d'un lit ! Enfin, nous voici tous les deux en tête à tête, vous avec le tisonnier impatient, moi avec le feu au cul et je n'ai plus d'histoire à vous narrer. De toute façon la bouteille de cognac est vide. Nous pouvons nous séparer ainsi, mais ce serait frustrant n'est-ce pas ?
— Frustrant, sans doute, répondis-je, mais il y a aussi que cette érection ne va pas retomber toute seule avant longtemps.

— Et il serait bête de la gâcher, lorsque je suis si bien disposée à la recevoir.
— Je n'aurais pas dit mieux.
— Allons, venez avec moi jusqu'à mon lit.
Hélène alla s'asseoir sur son lit aux draps soyeux. Elle écarta les jambes et défit la ceinture de son peignoir japonais, ce qui laissa apparaître partiellement l'excroissance de ses deux seins généreux. Ils avaient l'air encore très satisfaisants pour une femme de l'âge d'Hélène que la galanterie m'empêche de dévoiler ici. Ils avaient peut-être bien un peu perdu de leur fermeté, de leur rondeur idéale, mais il est des charmes qui effacent toutes les imperfections, et je dois dire que les femmes d'expérience m'avaient toujours paru désirables. Il est difficile de les surprendre, mais lorsque vous voyez dans leurs yeux ou entendez dans leurs cris une jouissance qu'elles n'ont jamais connue, vous éprouvez un plaisir et une fierté d'homme comme jamais une vierge ne vous en offrira.

Je retirai ma chemise, finis d'ôter mon pantalon après avoir retiré mes chaussures, et nu je m'avançai jusqu'à Hélène, assez près pour que ma pine jouxtât sa bouche et que je sentis son souffle sur mon gland humide :

— Je n'avale pas, me dit-elle, mais je peux la prendre dans ma bouche si vous poussez le respect à ne pas décharger avant que vous ne l'ayez retirée.

Je lui répondis qu'elle n'avait rien à craindre, qu'il m'en faudrait plus que cela pour décharger et que j'avais bien l'attention de faire durer les choses assez longtemps pour que nous en tirions tous les deux satisfactions. Ma réponse lui convint, et après avoir caressé ma pine, pourléché mon gland de sa langue, elle l'engouffra dans sa bouche, la suçant comme une enfant son sucre d'orge. À chaque fois qu'elle la prenait en elle, elle l'enfonçait un peu plus profondément et je sentis même le bout de mon dard venir piquer le fond de son palais. Elle avait certaines habitudes, elle savait faire, et pour donner plus de chaleur à ce moment si bon, elle prit mes fesses entre ses mains, et je lui agrippai les cheveux, car c'est toujours ainsi que c'est le meilleur. Les mains de la femme se crispent sur notre cul, et celles de l'homme veulent que cette tête qui se retire trop tôt aille jusqu'aux couilles, et tentent de la retenir. Pourtant, ce n'était que du fantasme, et mes mains n'appuyaient guère. j'avais connu des hommes qui avaient voulu forcer la femme et s'étaient retrouvés bien béats en recevant sur la pine et les pieds le fruit de leur goujaterie. Après cette gâterie délicieuse, elle finit par retirer ma pine de sa bouche, et se délestant complètement de son peignoir, elle la glissa entre ses seins qui étaient bien comme je les avais imaginés. Légèrement tombants, mais forts, d'une blancheur à peine troublée des quelques mouches de l'âge, et pour moins fermes qu'ils fussent par rapport à ceux d'une jeune fille, les rides les avaient bien épargnés. Leur volume généreux sûrement n'était pas étranger à ce fait. Hélène avait deux beaux seins, pas ceux d'une nourrice comme elle l'avait dit, mais deux mamelles qui dans les paumes débordaient malgré tout. Ensuite, elle s'allongea sur le lit et me dit :

— Là, prenez-moi au bord du lit, avec mes jambes sur vos épaules, comme Léda et le cygne.

— N'est-ce pas un peu simple ?

— Retenez-vous de décharger, mais baisez-moi ainsi, et après l'on fera suivant votre désir !

Je m'exécutai donc. Je mis les jambes de Hélène sur mes épaules, et je la soulevai un peu pour que son cul approchât plus près du bord du lit comme elle le désirait. J'écartai légèrement les jambes pour me retrouver à la bonne hauteur et j'introduisis ma pine dans le con buissonnant d'Hélène. Elle était blonde, elle avait le buisson plus clair encore que ses cheveux et d'une rare douceur. Elle l'entretenait avec soin et j'aimais cela. Je me faufilai entre ses lèvres, ses nymphes tendres et humides, et cette fois ce fut à moi d'y aller de mes coups de reins et de m'assurer, en la retenant par les cuisses, qu'Hélène ne glisserait pas sur les draps soyeux à chaque fois que ma croupe martèlerait son cul. C'était une bonne position, car je m'enfonçais profondément en elle, mes couilles claquaient sur ses fesses, à chaque secousse ses seins pesants s'ébranlaient sous mes yeux et j'entendais le souffle du plaisir s'échapper de sa bouche entrouverte. Ce fut encore meilleur lorsqu'elle entreprit de se caresser la poitrine devant moi, de pincer ses tétons, de frotter entre ses mains les aréoles brunies qui les cernaient, cela en me regardant de façon provocante, en passant sa langue sur ses lèvres vermeilles, en gémissant un peu plus fort et en dodelinant du cul. Je savais qu'à ce rythme je n'allais pas tarder à

décharger, alors il me fallait vite rompre ce bel entrain, et je me retirai d'Hélène, grimpant sur elle avec tant de vivacité qu'elle eut un moment de stupéfaction avant de comprendre qu'elle allait vivre une nouvelle expérience. Elle était couchée, muette, j'avais mon visage à quelques centimètres d'elle et je la dévorais des yeux avec de cette animalité dont elle m'avait vanté les mérites en amour quelque temps plus tôt :
— Qu'allez-vous me faire ? finit-elle par me demander.
— Vous me sembliez très sensible au bâillon tout à l'heure ? Avouez, ce détail vous l'avez ajouté à mon intention ?
Elle ne me répondit pas explicitement, mais dans sa main droite, elle avait déjà récupéré le bout de la ceinture de son peignoir et me regardait avec des airs malicieux de petite fille. Il n'en fallait pas davantage pour nous comprendre, alors je la retournai sur le ventre et je passai la ceinture dans sa bouche avant de la nouer derrière sa tête. Mais je voulais plus d'originalité, aller plus loin qu'elle ne l'imaginait, aussi, avant de m'introduire en elle, je m'emparai de ma propre ceinture et lui prenant les poignets je les liai entre eux dans son dos avec son assentiment tacite. D'ailleurs

— et je l'écris ici avec sa permission —, puisqu'elle avait perdu de la souplesse qu'autorise la jeunesse, je ne la ligotai que très lâchement. Mais c'était assez pour nourrir nos fantasmes respectifs, et ainsi réduite au silence et à l'immobilité, je lui écartai les jambes et je la pénétrai à nouveau, cette fois en me couchant sur elle, en appuyant mon ventre contre ses fesses rebondies, collant ma poitrine à son dos, et ayant la bouche assez près de sa nuque pour explorer sous sa chevelure les recoins sensibles de son cou et de ses oreilles. Je passai mon bras sous son menton, pour bien la maintenir à chacun de mes coups de reins et sentir sa salive s'écouler de sa bouche ouverte et bâillonnée. C'était une sensation étonnamment plaisante, car nous éprouvions notre jeu. Pour pure fiction qu'il était, elle était comme ma prisonnière et j'étais comme son ravisseur, et c'était bon de la sentir un peu contrainte comme elle appréciait que je la contraignisse un peu. Elle s'essoufflait sous moi, je voyais ses joues prendre le cramoisi et ses gémissements se faisaient plus forts malgré le bâillon qui étouffait les bruits, et à son abandon grandissant, je devinai qu'elle approchait de l'orgasme désiré, de ce plaisir ineffable qui chez la femme peut ne jamais connaître de fin. Je ne me montrai pas cruel et je le lui accordai en quelques coups de pine profonds, effleurant l'excroissance du clitoris qui transit la femme de la plus grande des jouissances. Un spasme l'agita sous moi, ses mains que je couvrais de mon ventre se crispèrent, ses jambes se raidirent brutalement avant de subir aussitôt un relâchement qui laissa Hélène ébranlée sur le lit. Je n'en avais pourtant pas fini avec elle, car il me fallait bien moi aussi prendre ma part de plaisir. Je dégageai donc ma maîtresse du jour de mon corps pour lui retirer ses liens, son bâillon, et je la retournai. Épuisée, encore livrée à la jouissance qu'elle venait d'éprouver, elle ne résista pas. J'étais bien décidé à la lécher un peu de ma langue entre ses cuisses, à saisir dans ma bouche de sa mouille généreuse cueillie à même son buisson blond, avant de terminer cette partie par une baise à la bourgeoise, en tête à tête, le vit dans le con et nos lèvres et nos langues entremêlées. J'y allais donc ainsi, sans retenue, grisé par mes premiers succès et échauffé par le cognac qui commençait à me monter à la tête. Fort heureusement, il ne diminuait pas mes ardeurs, et m'agrippant aux épaules d'Hélène, je me glissai en elle pour lui faire subir à nouveau un martyr que j'escomptais délicieux. Elle ne sembla pas avoir à s'en plaindre, et écartait autant que possible les cuisses pour me laisser m'enfoncer plus profondément en elle. Entre deux baisers, elle me disait en me tutoyant (l'amour invite toujours au tutoiement) : « Vas-y ! Plus loin ! Plus fort ! » Je la réduisais au silence en l'embrassant, et je m'exécutais sans sourciller, jusqu'à ce que ma pine eût atteint, malgré mes efforts, ses limites naturelles. Je tentai alors de compenser en mordillant ces tétons qui pointaient crânement sous l'effet du plaisir, mais Hélène en voulait plus encore et je me disais que je l'avais prise par-derrière, par devant, mais qu'il serait amusant de la placer au-dessus de moi. Dans toutes ses histoires, Hélène ne l'avait jamais été, et cela sûrement l'exciterait particulièrement. Je m'allongeai sur elle, l'enveloppant de mes bras, et d'une manière très enfantine, nous roulâmes tous deux de côté, de telle sorte qu'elle se retrouva sur moi, et moi sous elle, mais toujours la pine dans son con. Mon inventivité l'amusa fort, et elle fut toute joie dès l'instant où elle put me chevaucher comme sa monture. Quant à moi, dans cette position je récupérai un peu de mes efforts, car Hélène faisait la plus dure partie du labeur et je me contentai peu ou prou de quelques mouvements de croupes sous ma bondissante amante dont les seins dodelinaient devant mes yeux, fruits tentateurs auxquels la sueur de l'effort faisait comme un chapelet de rosée. Je m'étonnerai toujours que ces deux mamelles nourricières, si anodines d'apparence, puissent susciter tant de désir chez l'homme et fussent si excitantes, et pourtant face à eux j'étais comme Ève devant le fruit du péché, à ne pouvoir me retenir de les saisir, et si j'avais pu, de les cueillir entre mes doigts ravisseurs. Je me contentai de les peloter entre mes paumes, de m'enfoncer dans cette chair molle tandis que mon goupillon pénétrait Hélène pour une ultime fois. Je n'y pouvais plus tenir, et il fallait bien, après avoir vaillamment combattu, que je rendisse les armes. Sur un dernier galop de ma cavalière, je posai mes mains sur ses cuisses, je retins mon souffle, et les jambes tendues et tremblotantes, je sentis ma verge se gonfler encore et évacuer ma semence en jets violents. Le ventre contracté, je laissai échapper à chaque éjaculat libéré un râle de plaisir, et Hélène, m'écrasant les reins de tout son poids, me caressait les hanches pour m'exciter davantage. Après ces quelques instants de jouissance extrême, ce fut à mon tour de me retrouver flasque et éreinté sur les draps du lit, et comme Hélène ne voulait pas me permettre plus de repos que je ne lui en avais accordé, elle se pencha vers moi, jusqu'à ce que ses deux seins rougis de mes palpations s'écrasassent sur ma poitrine, et faufilant sa langue entre mes lèvres, me donna un long baiser qui avec mon souffle court et mon cœur battant à vive allure manqua de m'étouffer :

— Nous battons au même rythme ! me dit-elle après avoir eu pitié de moi et s'être retirée de mes lèvres.

Nous avions consenti des efforts similaires, cela n'avait rien de surprenant, mais je me trouvais vidé, alors qu'Hélène paraissait encore prête à accueillir son prochain amant. Ainsi il en va de la nature féminine qui récupère si aisément de l'amour charnel, même le plus athlétique, lorsque l'homme, aussi fort qu'il soit, est réduit à l'impuissance sitôt son foutre abandonné à la femme :

— Dommage que tu ais tiré ton coup dans un désert, me lança Hélène en s'asseyant sur le bord du lit. Avec une telle vigueur, tu m'aurais fait des triplés !

— Est-ce de cela que dépend le nombre d'enfants ? répliquai-je en me redressant.

— Je n'en sais rien. Si c'est le cas, alors il y a peu d'hommes bien vigoureux en ce monde, mais j'aime le croire !

— Tant que je suis l'un d'eux ! répondis-je d'un ton satisfait.

— À coup sûr ! Quelle heureuse idée de m'avoir ligotée. J'étais comme une belle de Sardanapale, sauf que je n'allais pas être transpercée par le fer de l'épée, mais par une autre arme, moins douloureuse à la chair fragile d'une femme.

Je pris la comparaison à Sardanapale comme un compliment, et sur ce, après une toilette appropriée, nous nous rhabillâmes et Hélène eut la délicatesse de ne pas se parfumer pour garder, me confia-t-elle, mon odeur sur elle toute la nuit durant et rêver de nos ébats. L'élégance voulait en effet que je ne passasse pas la nuit chez une veuve, et de toute façon, nous avions réglé l'essentiel durant ce charmant rendez-vous. Courtoisement, je la saluai donc en lui baisant la main seulement, cette main qu'il m'avait plu de lier à sa jumelle et qui m'avait valu en grande partie mon succès du jour. Elle me dit alors :

— Nous sommes appelés à nous revoir très vite, je pense. Le même jour et à la même heure la semaine prochaine ? Cela vous dit-il (l'excitation retombée, nous en étions revenus au vouvoiement poli) ? À votre tour vous me raconterez vos premières fois, et je serais curieuse de savoir tout ce qu'un homme comme vous est capable de faire à une femme pour la combler d'amour.

— Il me faudra plus d'une soirée, répondis-je avec une pointe de prétention qui amusa beaucoup Hélène.

— Je pense, répliqua-t-elle, que vous trouverez un moyen de faire court.

Je lui promis de faire mon possible. Après tout, qui en parle le plus en consomme le moins, et j'étais à l'âge où il convient de consommer surtout. Je partis, fier de mon coup, et très content de savoir que le soir, alors que je m'endormais avec le souvenir des seins d'Hélène entre les doigts et de ma pine entre ses cuisses, elle songeait à la même chose, et qu'à distance, nous poursuivions en rêves nos « crapahutades » du jour.

TABLE DES MATIÈRES

Ier Amour 9

IIème Amour 27

IIIème Amour 47

IVème Amour 69

Vème Amour 87